TAKE
SHOBO

正ヒロインに転生して断罪されたけど、最強魔術師の王子様に溺愛されてます!?

花菱ななみ

Illustration
ウエハラ蜂

蜜猫
MitsuNeko

contents

イラスト／ウエハラ蜂

エヒロインに転生して断罪されたけど、最強魔術師の王子様に溺愛されてます!?

第一章

船は大波に乗り上げるたびに、激しく上下に揺れた。

アンジェラが押しこめられているのは、流刑船の最下層の船倉だ。この揺れから考えると、今、まさに嵐《あらし》のただ中にあるのではないだろうか。

激しい風雨の気配が、船の底まで伝わってくる。

「うあっ！」

「きゃ……！」

船が揺さぶられ、船が傾《かし》いだ。柱につかまっていなかった他の流刑者たちは、大きく体勢を崩して悲鳴を上げる。だが、足首をそれぞれに船倉に枷《かせ》でつながれているから、転がっていくことはない。

だがアンジェラも船に枷でつながれていたから、転覆したら沈みゆく船と運命をともにすることだろう。

――こんなところで死ぬなんて、冗談じゃないわ……！

アンジェラは歯を食いしばり、うらめしく船倉の天井を振り仰いだ。

　こんなところで、自分は死ぬべき人間ではない。まだ二十一年しか生きていない。もっと人生を楽しみたいし、この世の栄華を極めたい。人として生まれたからには、その頂点まで昇りつめたい。

　アンジェラが流刑になったのは、乙女ゲーム『プリンスウェル王立学園～胸キュン・プリンス奪還』のゲームの世界で、そのメイン攻略キャラであるアングルテール王国の王太子の攻略に、最後の最後で失敗したからだ。それさえなければ、王妃となって国のトップに君臨するはずだった。

　アンジェラにはそれだけの力がある。アングルテール王国の貧しい男爵令嬢として生まれ落ちたからこそ、のし上がる覚悟はそのときに培《つちか》った。

　一介の男爵令嬢であっても、王太子の心さえつかむことができたなら、玉の輿《こし》に乗れる。あとほんの少しでそうなるはずだったのに、最後の最後でアンジェラが行った裏工作の悪手が露呈し、婚約破棄となった。

　流刑にまでなったのは、王太子を騙《だま》したからではない。邪魔になった王太子の婚約者、イザベラ伯爵令嬢を人を使って誘拐し、娼館に売り飛ばした罪によってだ。

　かくしてアンジェラは流刑となり、新大陸での捲土重来《けんどちょうらい》を図っていた、はずだった。

　――だけど、船が沈んだら、何もかも終わりじゃない……!

船体は横にぐぐぐっと持ち上げられたかと思いきや、ふわっと全ての重みが消えたように浮き上がる。だが、次の瞬間には床に強い力で押しつけられた。

大きくて頑丈そうな船ではあったが、巨大な波に翻弄《ほんろう》されてみしみしとあちらこちらが鳴る。

船員たちが殺気だって怒鳴る声が聞こえてきた。

命の危険にさらされる中で、走馬灯のように過去の出来事が浮かんでは消える。

――この船は、どこまで安全なの？

うらめしく思いながら考えたとき、不意に頭の片隅から言葉がほとばしってきた。

――船の耐航《たいこう》性能は、船体の運動方程式で求めることができるはず。まずは船の慣性力《かんせいりょく》と水の流体力《りゅうたいりょく》を考えて、それから船を揺らす波の力と、船体が運動することによって働く流体力を、式に入れれば。

運動方程式を駆使すれば、できるだけ揺れず、転覆せず、破損をしないですむ船体を作ることができるはずだ。果たして、この船の耐航性能はどれくらいだろうか。

そこまで考えたアンジェラは、そんな自分に混乱した。

――耐航性能？

まるで知らなかった知識が、自分の頭の中に湧き上がってくる。船の耐航性能なんて、プリンスウェル王立学園ではもちろん、他の場所でも聞いたことがないはずだ。

蒸気機関が誕生したといえども、まだまだ産業は未発達だ。じわじわと工業化が進み、資本家も台頭しつつあったが、まだまだ王城では豪華なドレスをまとった貴婦人が優雅に舞踏会に集う時代だというのに。

——あらゆる部門における科学は、現世とは比べものにならないの。

そんなふうに考えたアンジェラは、ますますそんな自分に混乱した。

——『現世』って何？　科学って何よ？　私はこのアングルテール王国で生まれ育った……はずでしょ？

船倉の柱に等間隔でついている薄暗いランプが、今にも消えそうに傾いて瞬《またた》いた。

——私はアンジェラ・キリーヒル。……生まれも育ちも、アングルテール王国。だけど私には前世がある。科学技術は女性に向かないという固定観念がある、東京という街に住んでたの。

不意にその前世の光景が、脳裏にぽっかりと浮かび上がった。

アンジェラは別の名前で、そこの高校に通っていた。クラスではリケジョと呼ばれ、学年トップの成績をキープしながらも、密かな息抜きとして乙女ゲームにはまっていた。

高校の同級生は、女性にトップを取られただけでそっぽを向く幼稚な男ばかりだ。そんな現実では恋などできるはずもなく、架空のキャラに心惹かれた。

特にはまったのが『プリンスウェル王立学園～胸キュン・プリンス奪還』だ。キャラの絵が綺麗で、フルボイスの声優も良かった。攻略キャラである王太子の攻略がうまくいかず、何度もバッドエンドを繰り返したこともあり、それをクリアすることに躍起《やっき》になった。

そして全ての分岐を終え、その攻略法をメモにまとめ、充実感とともに徹夜で行ったゲームの眠気にぼうっとしていたときに、あの事故が起きたのだ。トラックがアンジェラ目指して突っこんできた。

――『現世』で死んだの、私は。

そして、今、自分は何故かこの乙女ゲームの世界に転生している。だけど、転生者という自覚もなく、主人公のアンジェラとして王太子を攻略して、あえなく失敗した。

――だけど、何、転生って？　転生者？　ゲームの世界？

転生前の記憶が、もともとあったアンジェラの記憶と重なっていく。二つが統合されていく中で、ぐるぐると目が回った。

そのとき、船が大きな波に乗り上げた。身体が数十メートルほど持ち上げられたかと思いきや、一気に落下する。

「きゃ……っ！」

「神様！」

船倉内も大騒ぎだ。

船は横倒しになったまま、とうとう元に戻らなくなった。ついに、船倉にまで海水が流れこんでくる。あれよあれよという間に、十月の冷たい水の中にアンジェラの身体は沈んでいく。

灯りが完全に消え、漆黒の闇の中でアンジェラはもがいた。

ごぼごぼと、口の中で泡が弾《はじ》ける。荒々しい波の音の中で、どうにか浮上しようともがいた。だが、アンジェラの足首には鉄枷《てつかせ》がはまっていて、浮上するのを阻む。

一度だけ、奇跡的に船が持ち上がったので、どうにか顔を上げて呼吸することはできた。だが、次の瞬間にはアンジェラの身体は海の底へと引きずりこまれた。船と一緒に、アンジェラは海の深いところまで沈んでいく。

呼吸できない苦しさとともに、口から空気が泡となってあふれた。耳の奥がキーンとして、意識が薄れていく。

――こんなところで、……死ぬの？　……私は……。

ダメだ。こんなところで、死ぬわけにはいかない。

人生を謳歌《おうか》したい。

自分は一度、死んだのだ。

この転生先でもハッピーエンドにならないまま死ぬなんて、そんなことがあっていいはずがない。

「う……うーん……」

アンジェラは低くうめいた。全身が鈍く痛んでだるい。

身じろいだとき、自分が息をしていることに驚いて顔を上げた。砂まみれで生乾きの姿で、海岸に転がっているようだ。

周囲にはアンジェラと一緒に流れ着いたとおぼしき木材や、海藻《かいそう》などが広がっていた。

しばらくはぼんやりとしたまま、アンジェラは仰向けに寝返りを打った。太陽の光が、アンジェラの全身を炙《あぶ》ってくる。

——どうにか命だけは助かって、……海岸に打ち上げられた、ってところかしら。

アンジェラはぎゅっと目をつぶってから、あらためて開いた。全身のあちらこちらが軋んで痛むが、寝返りを打てるぐらいの気力はある。

骨が折れていないか確かめるために、一通り手足を動かしてみたが、どこも折れてはいないようだ。深刻な損傷がないことに、ホッとした。

——ここでは、ちょっとしたケガや病気が元で、死んでしまうものね。

そんなふうに考えて、そんな自分にびっくりした。

転生前の記憶と、ここで生まれ育ったアンジェラの記憶が、いつの間にか頭の中で統合されているようだ。

記憶が何もかも二重になっていた。そのことに違和感があったが、いずれ落ち着くことだろう。

——どっちの私も、私、よ……。

さして動揺がないのは、転生前の自分も、転生した自分も、性格がほとんど変わらなかったからだろう。

自己中心的で、目的のためなら手段を問わない。

そんな自分を、合理的でわかりやすい性格だと肯定的に受け止めている。

——だって、よりよい生活をしたいと望むのは、人として当然のことだもの。特にこの世界では、女性一人では生きていけない。財産の相続権もない上に、自立して生活できるほどの仕事は、女性にはほとんどない。だったら、権力者で金持ちの男を攻略してその妻となり、この世の春を謳歌するのが、一番いいわ。

そんな考えも、転生前と転生したアンジェラは両方重なる。

——そうね。あえて言うなら、この世界の自分のほうが、少し頭が悪かった気がするわ。

そんなふうに、アンジェラは空を見ながら考えた。

アングルテール王国で王太子を攻略したときの自分は、詰めが甘かった。ライバルを娼館に売り飛ばしたならば、ちゃんとその後も定期的に、内偵に行かせる必要があった。それをしなかったがゆえの、失敗だ。

——ま、全体的に、まだまだ私が甘ちゃんだってことよね。

したたかで、強い女になりたい。アンジェラは自分に言い聞かせる。この世界でのし上がっていけるように。

そんなふうに考えながら、アンジェラはようやく立ち上がり、生乾きの縞《しま》のドレスについた砂を払った。

——でもって、ここはどこなのかしら?

かなうことなら、遭難して打ち上げられていた自分を、このあたりをたまたま遠乗りしていた高貴なる麗《うるわ》しい男性が見つけ、駆け寄って介抱してくれるといった展開が理想だった。

だが、アンジェラは一人寂しく、海岸に打ち上げられていた。見回したところで、あるのは岩と木々ばかりで、人家らしきものはない。

——まぁ、探すしかないか、人家。高貴なる、麗しき人間も。

アンジェラは裸足のまま、歩き始めた。漂流している間に、いつの間にか靴は脱げてしまったらしい。

足首が重くて金属が擦れ合う音がするのは、そこにまだ足かせがはまっていたからだ。

おそらくアンジェラが助かったのは、その鉄枷がつながれていた船の一部が転覆によって破損したからだろう。おかげで、運良く浮かび上がることができた。

——ほとんどの人は、あのまま海の底に……。

ゾッとして、アンジェラはその連想を打ち消した。

ここがいったいどこなのか、全く想像がつかない。

——流刑船で、アングルテール王国から新大陸までは、五ヶ月ぐらいよ。

　アンジェラが遭難したのは、出発してから二ヶ月ほどが経ったころだった。旅程の三分の一ほどしか進んでいないはずだから、新大陸まではかなりの距離がある。

　——だから、ここはその途中にあるどこか、ってことよね。

　アングルテール王国があるのは、西の大陸だ。似た文化圏を持つ東の大陸がその航路にはある、さらに船は香辛料などが採れる過酷な灼熱の南の大陸を経由してから、新大陸へと向かう予定だった。

　——東の大陸までなら、言葉は通じるはず。南の大陸まできちゃったら、無理だけど。そもそもこの近隣に、人は住んでいるのか。飲める水はあるのか。

　喉がひりつくように渇いていた。

「まずは、……水よ。……真水。……飲める水」

　一度意識してしまったら、喉の渇きを癒やすことしか考えられない。

　アンジェラはだるい身体を叱咤し、生乾きのドレスを引きずって、幽鬼のようにふらふらと歩き始めた。

　海岸からまっすぐ延びていた獣道の先に見えてきたのは、この人気のないところには不似合いな、立派な豪邸だった。

　——え？

　いきなりのその家に、アンジェラは目を見張った。

ちょっとした領主の館《やかた》といったしつらえだ。

どこか陰鬱《いんうつ》な雰囲気があるのは、外壁にダークブラウンの石材が使われているからだろう。それに、その屋敷は高い鉄柵で囲まれていた。鉄柵には、とげのついたツタが幾重にもからみついている。

——何かやたらと、厳重よね？

ホラー映画にでも出てきそうなたたずまいではあったが、アンジェラは臆することなくその門を押し開いた。ぎぎぎぎ、と鈍い音が響く。

——とにかく、水よ。水。私は水が欲しいの！

喉の渇きに導かれるまま、アンジェラはふらふらと門からその屋敷までのアプローチを歩いていく。

生乾きの縞のドレスが、歩くたびに足にからみついた。髪はぼさぼさだし、顔面には砂がまぶされている。自分がとんでもない姿をしている自覚は、多少はあった。だが鏡はないので、それを客観的に見るすべはない。

何より、まず水が欲しい。

人一人通れるぐらいの幅があるアプローチの左右を、とげのついたツタが覆っていた。アンジェラが進むにつれて、その道が狭まる。

——ん？

気のせいかと思って、足を止めた。同時にツタは動きを止めたが、また足を進めると、うねうねとうごめいて、ツタはアンジェラの行く手を阻《はば》んでくる。

ついに行く手をふさがれて、一歩も進めなくなった。喉が渇ききったアンジェラは余裕の欠片もなく、悪鬼の形相でそのツタをにらみつけた。

「ツタの分際で、私が進むのを邪魔するんじゃないわよ……！」

だが、こんなふうにツタがアンジェラを阻むということは、この屋敷に進入を拒む高度な魔法がかけられているということに他ならない。

近代化による科学の発展とともに、この世界の神秘性は薄れていった。アングルテール王国では、魔法よりもより確実性のある蒸気機関のほうが利用されている。

何せ蒸気機関を使えば、巨大な鉄の塊《かたまり》である蒸気機関車まで動かせるのだ。

だが、ここではまだ魔法の力は有効らしい。

気持ちとしては、そのツタを素手で引きちぎってでも屋敷の玄関までたどり着き、一杯の水を恵んでもらいたい気分でいっぱいだ。

だが、今のアンジェラは気力も体力も限界だった。

アンジェラは歩みを止めると、その屋敷に向かって叫んだ。

「遭難したの！　そこの浜に打ち上げられたの！　助けて……！」

何か反応があるかと、そのツタ越しに玄関を凝視していたが、誰の姿も見えない。

アンジェラは渾身の大声で、逆ギレしたように叫んだ。

「お腹が空いて、死にそうなの！　何か食べるものと、飲物を頂戴……！」

だが、やはり反応はないままだ。

見放された怒りと悲しみに、じわっと涙が浮かんだ。

遭難して、どこだかわからないところに打ち上げられ、餓えて死にそうだ。なのに、ここの誰かは自分を助けようとはしない。

そのとき、不意にツタの道が館の玄関まで一気に開いた。

屋敷の玄関が開かれる。

そこに現れた人影を見て、アンジェラはようやく救いの手が差し伸べられたものと誤解した。

「初めまして。私ね……！」

精一杯目を見開いて、愛想のいい笑みを浮かべようとする。

だが、そんなアンジェラの顔面に、たっぷりとクリームの載ったパイが投げつけられたのだった。


――パイはとても美味《おい》しかったわ。上質なクリームが使われた、さくさくの美味しいパイだった。疲れきったときの甘味は、最高だったわ。命と心が救われたわ……。

顔面にパイを叩きつけられた直後、アンジェラと屋敷とを結ぶツタの道はあっという間に閉じた。

アンジェラは呆気にとられたまま、顔面に叩きつけられたパイがずり落ちていくのをただ受け止めているしかなかった。だが、本能的にこのパイは逃してはいけないものだと思い、ギリギリのところでキャッチする。

ついでに顔についたクリームを舐めてみたら、とても美味しくて命が救われる感覚があったので、その皿ごとパイを抱えて、ひとまず退散することにしたのだ。

屋敷から離れてから、まずは空腹を満たすべく、まるごとのパイに素手でかぶりついた。

パイを食べるごとにカロリーが満たされ、力がみなぎってくる。普段なら体型のことを考えて、まるごとのパイを食べることはない。

だが、さすがに餓《う》えきっていたので、気づけば顔面ほどの大きなパイを一気に食べきっていた。さらにてんこ盛りにされていたクリームも、綺麗に舐めとる。

――すごく、美味しかった！　最高だったわ！

だが、淑女の顔面にパイを叩きつけるという屈辱を与えた相手は、ただではおかない。

どうやって復讐してやろうかと考えながら、アンジェラは海岸沿いをさらに奥へと向かった。

しばらく歩いたところで、小川を見つけた。ようやく見つけた水で顔のクリームを洗い流し、てのひらですくって、匂いを嗅ぐ。

だが、途端に顔をゆがめた。

――この臭いは、硫化水素《りゅうかすいそ》ね。人々が硫黄の臭いって感じる、卵の腐ったような臭い。死ぬほどまずいけど、これくらいの濃度なら飲むことはできる。

いわゆる温泉水の味だ。どうにか飲み干して、空腹と喉の渇きはどうにかなかった。

人心地ついた後で、アンジェラはさらに海岸沿いを奥へと向かいながら、報復の手段を考えた。

――あそこに住んでいるのは、ろくでもない悪者に違いないわ。

ドアが開いてパイを投げつけられるまでの間に、その相手が一瞬だけ見えた。空腹に目がかすんでよく見えなかったものの、立派な服を身につけた若い男だった気がする。

――だけど、顔面パイごときでこの私を撃退しようなんて、百年早い。

撃退されるどころか、アンジェラはパイのおかげですっかり元気になっている。

今のアンジェラには、新たな力があった。

それは、リケジョの知識を持つ前世の記憶だ。


数時間後。

アンジェラは、再びその屋敷の前にリベンジをかけて舞い戻った。

　ここの海岸付近を歩き回ったおかげで、自分が打ち上げられたのが小さな島だったことに、アンジェラは気づいていた。

　波の荒い崖側もあったから一周はできなかったものの、おそらく数時間あれば一周できるぐらいの小さな島だ。

　おそらく、この島にあるのはアンジェラが追い出された立派なお屋敷だけだ。他の人工物は、ここにほど近い桟橋だけしか発見できなかった。

　――だから、結局、ここの人と接触するしかないわ。だんだんと冷えてきたから、今日の宿も提供して欲しいものね。できれば、お風呂も。だって、海水でベタベタガサガサだもの。

　この際、相手が拒もうともかまわない。

　それを解決するだけの強制的な手段も、アンジェラにはある。

　――この、手製爆弾で……！

　アンジェラは島を散策している最中に、とんでもない場所を見つけた。

　そこは、現世の廃棄物集積所そのものだった。そこに山積みになっていたのはこの世界の品物ではなく、アンジェラが転生する前の世界の品物だった。

　そのことに、まずはびっくりした。

　日本も含めたさまざまな国のペットボトルに、スナック菓子の空になったパッケージ。タイヤに、さまざまな家具。海の漂流物《ひょうりゅうぶつ》みたいに、どうしてこのようなものが流れ着いているのかと、アンジェラはしばし考えた。

――だけど、結論など出なかったわ。アングルテール王国には、こんな場所はなかったはず。ゲームのバグ？　ここと現世が一部つながってる？　理由はわからないけど、あるのなら有効に利用させてもらうしかないわ。

アンジェラの目が輝いたのは、薬瓶の詰まった薬棚が横倒しになっているのを見つけたときだ。思わず駆け寄って確かめたら、中の薬瓶は割れてはいなかった。ご丁寧に、ちゃんと薬品名まで書かれたラベルまで貼られている。

――欲しいのは、過酸化《かさんか》アセトンに、過酸化水素水。硫酸《りゅうさん》。塩酸よ……！

硝石《しょうせき》と硫黄と木炭で作る黒色火薬よりも安定していて威力が高く、ただこれらを混ぜ合わせただけで作れる爆弾の知識が、アンジェラの頭の中に浮かんだ。

日本では、所持するだけで逮捕されるものだ。

原材料から精製して作ったら膨大な手間がかかるが、それらの薬品さえあれば、混ぜ合わせるだけだからさして困難はない。

――覚えてなさい！　私の花のかんばせに、パイを叩きつけた誰か！

アンジェラはそれを作って、悪人の形相で屋敷に引き返したのだった。

すでに周囲は薄暗くなっていた。空は夕暮れの色を一部残すだけで、足元さえ見定めるのが困難なぐらいだ。

アンジェラはたいまつを高く頭上に掲げた。これは行く手を照らすだけではない。もっと大きな役割があるのだ。

――覚悟しといて。

アンジェラは深呼吸して、門を押し開いた。ぎぎぎぎ、という軋《きし》みとともに、門が開く。屋敷の玄関まで進むのに合わせて、その内側に生えたとげつきのツタがうねうねと動いて道をふさぐのも、前回と同じだった。

これ以上進めなくなったところで、アンジェラはたいまつを掲げ、屋敷の中の誰かに向けて叫んだ。

「中に入れて頂戴！　もう夜で、凍えてしまうわ」

身につけているのは、縞のドレス一枚きりだ。歩き回っている最中に乾いたものの、すでに少し肌寒い。

枝をまとめて温かい野営の寝床を作るよりも、アンジェラは爆弾造りのほうに集中していた。だから、ここで屋敷に入るのを拒まれるわけにはいかない。

何が何でも、屋敷の中に入れてもらうつもりだった。

――たとえ、脅迫してでもね！　私の行方をツタが阻んだら、容赦なく吹き飛ばすわ！

先ほどパイを顔面に投げつけられたことを思い出しただけで、闘志がメラメラと沸きあがる。

パイはとても美味しくってお腹が満たされたが、淑女にあんなことをするなんてあり得ない。

その屈辱を、のしをつけて叩き返してやる。

——しかも私には、物理的に「わからせてやる」だけの力があるわ……！

アンジェラはうっすらと笑みを浮かべ、玄関に向けて持っていたたいまつを突きつけた。

動きがないのを見て、アンジェラは製造したばかりの手製爆弾を取り出した。

片手につかんだ爆弾の導線に、たいまつの火を近づける。導線にしっかりと火がついたのを確認するなり、アンジェラはそれを自分と屋敷の間を阻むツタの中に投げこんだ。玄関までの小道の、ちょうど真ん中あたりだ。

まずは小手先の脅しとしての、小さな威力のものだった。これで吹き飛ばしても屋敷の主に動きがないようだったら、もっと大きな爆弾を使う。安全を確保しつつ、全てのツタを吹き飛ばして、屋敷までの道を強引に切り開くまでだ。

威力は確認してあったから、投げるのと同時に地面に伏せた。ドレスはすでに砂で汚れきって灰色になっていたから、どれだけ汚れようがかまわない。すでに身なりなどかまう余裕はなかった。

三秒数えたとき、ドォンと腹に響く衝撃《しょうげき》があった。

「……っ！」

衝撃によってツタが一瞬にして吹き飛び、爆発に巻き上げられた土がその残骸《ざんがい》に混じってバラバラとアンジェラに降り注ぐ。

それをやり過ごした後で、アンジェラは起き上がった。

門と玄関との間をふさいでいたツタが、二メートルほどの直径のクレーターを残して見事に吹き飛んでいた。

まだこれでも、威力は抑《おさ》えてある。

素早く立ち上がって、アンジェラは屋敷に向けて声を放った。

「私の邪魔をするのなら、もう一発といわず、何発でも食らわすわよ！　次のは、こんな生優しいものではないわ！」

アンジェラの脅しにも負けず、ツタは性懲りもなくアンジェラの行く手をふさいできた。だからアンジェラは新たな爆弾を取り出し、頭上に掲《かか》げる。

「だったら、もう一発――――！」

次は先ほどよりも威力の大きな爆弾だ。下手をしたら、屋敷まで損傷する。

それに火をつけ、投げつけようとしたとき、屋敷のドアが大きく開け放たれた。

「待て！」

――え？　え、え、え？　誰か、待てって言った……？

ドアを開かせるのが目的だった。

手にした爆弾を、アンジェラはどうしようか考える。一瞬導線を足で踏み消そうと思ったが、消えなかったときにはアンジェラごと吹き飛ぶ。

だから、アンジェラはそれを屋敷とは反対側に、力いっぱい投げるしかなかった。

門の外側まで爆弾は飛び、ころころと地面に転がる。

アンジェラは大声で怒鳴った。

「伏せて……！」

数秒後に、先ほどのものを遙かにしのぐ大爆発が起きた。

鋼鉄製の門がその影響を受け、ぐにゃりとひしゃげた。そのあたりのツタは完全に吹き飛んで見る影もない。想像よりも大きな威力だったことにアンジェラは自分でもビックリしながら、屋敷のドアのほうを振り返った。

屋敷のドアを開けた人物は、ゆっくりと立ち上がるところだった。アンジェラが生じさせた爆発の後のクレーターを呆然と眺めているらしい。

残光が、その彼の姿を照らし出した。

その青年の端正なたたずまいに、アンジェラは思わず息を呑んだ。

上背のある体躯を、紫地に金の縁取りをされたきらびやかな貴族の衣装が包みこんでいる。

膝までのブーツに、片方の肩にだけかけたマント。

アングルテール王国の流行とは違っていたが、それでもかなり金のかかった衣装であることは間違いない。紫の染料や、使われている金糸銀糸の刺繍《ししゅう》の見事さからも、彼の裕福さが伝わってくる。

――しかも、若くてハンサム……！

アンジェラの目が大きく見開かれた。

アンジェラにとっては、攻略相手が好みかどうかということも大きな問題だった。金と権力を愛でてはいたが、あまりにも自分の好みからかけ離れた男と付き合うのは困難だ。心に負担がかかりすぎる。

そういう意味では、青年は合格だった。

艶々の肌をしており、まるで世間の風にあてられていないような無垢な清らかさをその全身から感じ取る。

それでも、二十は越えてはいるはずだ。彫りの深い、整った顔立ち。鼻梁《びりょう》がまっすぐで、二重の切れ長の目が涼やかだ。唇が少しふっくらとしているから、清らかさと愛らしさが同居している。

だが、そんな清らかな顔をしているのに、青年の態度には愛想の欠片すら存在しない。

「そなたは何ものだ？　我が屋敷を、このように攻撃してくるとは！」

アンジェラに向けた彼の言葉と表情からは、敵意と不信感が剥き出しになっていた。

アンジェラが彼を値踏みしているのと同じように、こちらを凝視《ぎょうし》して正体を探っていたようだ。

――おそらく、二十五歳前後よね。高位の貴族で、金持ちなのは確かよ。だって、服に紫の染料が使われているもの。こちらの世界ではまだ紫の化学的な染料は発見されていないから、とある巻き貝からしか捕れないはずだわ。しかも、貝一つにつきその染料の量はごくわずかなので、その紫色で染色されただけでかなり高価、ってことになるの。

紫の服を、彼はこともなげにまとっている。その縁を金糸銀糸の精巧な刺繍が覆っていた。

――この金持ちは、攻略するに値《あたい》する。

アンジェラはそう判断した。それから、どんなタイプなのか分析してみる。

艶々の頬のくせに、どこか人を信じることができない、というひねこびた目をしているように見える。

こういうタイプは、孤独というのが定番だ。近づいて自分だけが彼を理解している、と思わせたら攻略は成功するはずだ。女嫌いを自認していたとしても、それは単に女性慣れしていないにすぎない。そういうタイプには、ボディタッチが効く。

そこまでを、アンジェラはその一瞬で読み取った。乙女ゲームの攻略は、お手の物だ。

「ここまでの攻撃ができるとは、そなたは高名な魔術師か？　見たことがない顔だが」

彼は無遠慮なほどの眼差しを、アンジェラに浴びせかけてきた。

この彼が、たぶんツタの魔法の使い手だろう。あそこまで自在に動かすなんて、かなり熟練した魔術師であることは確かだ。

――私も、同類の魔術師のふりをしておいたほうがいい？

この世界の化学は、まだ初歩段階でしかない。錬金術は化学に移行しつつあったが、リケジョであるアンジェラが高校時代に頭に入れた知識ほどにも達していない。

化学や科学は、その知識のない者にとっては魔法にしか見えない。そのことを踏まえて、アンジェラは堂々と胸を張った。

「そうよ。あの爆発魔法を見たのは初めて？　あなたがこの屋敷を守っているこけおどしの魔法など、取るに足らないわ。これ以上、あなたの屋敷を破壊されたくなかったら、私を中に入れてくださる？　乗っていた船が嵐で転覆して、命からがらこの岸にたどり着いたところなの」

「流刑人《るけい》か？」

いきなり身分を言い当てられて、アンジェラは飛び上がりそうになった。

――なんで……。

だが、彼の視線を追ってみれば、裸足のままの自分の足首に、鉄枷が装着されたままなのに気づいた。それに、流刑人が身につける縞のドレスを見れば一目瞭然だ。

「力ある魔術師は、迫害されるの」

アンジェラは腕を組んだまま、傲慢にあごをもたげた。

「力があるのなら、何故、その枷を外さない？」

ストレートに尋ねられて、アンジェラはぐぐっと唇を噛んだ。

青年の目は冷ややかなブルーだ。眼差しは猜疑心に満ちている。アンジェラの嘘など容易く見破ってしまいそうな鋭さが、そこにはあった。

——外そうとしたわ！　だけど、あの集積場にあったものを使ったら、私の足まで吹き飛ばされそうだったのだもの。

ここはハッタリでしのぐしかない。

「これは魔術師をつなぐ枷なの。私には外せないように、高度な魔法がかけられているに決まってるじゃない」

彼は不信感剥き出しの顔をしながら、口の中で小さく呪文を唱えた。その後で軽く指をパチンとさせると、途端にアンジェラの足首に巻きついていた枷が外れる。

——すごいわ……！

それには、驚きだった。

通っていたプリンスウェル王立学園にも、東の大陸からやってきた魔法の素養がある生徒はいた。だが、だいたいが大仰な呪文や下準備を必要とするわりに、子供騙しの魔法しか使えなかった。

だからこそ、魔法は使いものにならないとアンジェラは思っていたのだが、その認識をあらためる必要がある。

西の大陸では蒸気機関が主流になりつつあったが、この青年ほど高度な魔法が使えるのなら、十分に実用性がありそうだ。

アンジェラは彼を見直したが、青年の怪訝そうな表情は崩れない。

「こんなものに、大した魔法がかかっているとは思えないが」

実際には魔法などかかっていないのだから、当然だ。

どうごまかそうかと考えたとき、強めの風が吹いてきた。その風がアンジェラの粗末なドレスをはためかせ、背筋がひやっとする。

「くしょん」

思わずくしゃみをすると、それまで排斥心に満ち満ちていた青年が少し視線をそらした。

——あれ？

どこを見ているのだろうか。足だろうか、と視線を追おうとすると、言われた。

「クリスだ。どうやら、難破したというのは本当らしいな。そんなにも砂まみれになって、薄汚れて、頭には海藻をからめて立っていたから、先ほどは海の魔物かと思った」

——海の魔物……！

言われてみれば、さきほどの自分の風体《ふうてい》はまさにそのものだったかもしれない。

「だが、足もあるし、魔術師のようだ。まことに不本意ではあるが、そなたに一夜の宿を貸してやるのも、やぶさかではない。だが、用がすんだら、とっとと出ていってくれ」

クリスはそれだけ早口で言い捨てると、玄関のドアから離れて屋敷の中に消えた。アンジェラは屋敷の外でたいまつを消してから、爆弾を隠し、そのまま屋敷の玄関に引き返す。

彼の気が変わらないうちに、中に入るしかない。外はもう真っ暗だ。

――すごく嫌そうではあるけど、とにかく屋敷には入れてくれるってことよね？　この態度はツンデレ？　ツンデレなの？

考えながら、アンジェラはドアの中に入った。

その途端、エントランスからの見事な内装が目に飛びこんできた。

――わ……！

二階に向かって、優雅な手すりのついた大きな階段が伸びている。ドアの横には、衛兵用の小部屋まであった。流れ着いてこのかた、クリス以外に人の気配を感じないこの地に、不似合いに思える使用人用のスペースだ。

だが、その小部屋を見てしまったことで、この屋敷を維持するためには何人ぐらいの使用人が必要なのかと、歩きながら考えた。

少し先の廊下を歩いていくクリスの背に追いすがり、声をかける。

「ここには、あなた以外にどなたが住んでいらっしゃるの？」

「俺だけだ」

「え？　だけど、お掃除とかは」

「使い魔にやらせている」

「だったら、この島にいるのは」

「だから、俺だけだと言っている。……いや、俺とそなただけだ」

その言葉に、アンジェラはあらためてハッとした。もしかして、自分はとんでもない離れ小島に打ち上げられてしまったのだろうか。

「たった一人で、ここで暮らしているの？　食べものとかは？」

「食べものには困らない。対岸に、我がレクタヴィア神聖加護《かご》国の都市、ルムスエがある」

――ここは、レクタヴィア神聖加護国だったの……！

ようやく欲しい情報が与えられて、アンジェラは目の前がぱああっと開けていく心地がした。

アンジェラが流刑となったアングルテール王国は、西の大陸にある。レクタヴィア神聖加護国は、東の大陸にある国だ。

――東の大陸には五つの国があって、レクタヴィア神聖加護国はその中でも大国のはず。

西と東の大陸は、真ん中を深い海溝と海流で隔てられている。

だが、もともとの民族が一緒らしく、文化や言語はほぼ共通していた。それでも長い歴史の中で、二つの国の様相は少しずつ隔たっていったらしい。西の大陸が蒸気機関を発明し、急速に産業を発展させているのに比べて、東の大陸ではまだまだ魔法の力を多く利用していると聞いていた。

特にレクタヴィア神聖加護国では王族に力ある魔術師が輩出されるので、いまだに国中が魔法の加護の下にある、と。

——だけど、やはり年々、レクタヴィア神聖加護国でも魔法の加護の力は弱っていく一方だって。王族に力ある魔術師がだんだんと生まれなくなってきてるから、魔法に頼らない暮らしを模索しつつあるんだって。

それはアンジェラが通っていたプリンスウェル王立学園で、他国の歴史として学んだ内容だった。

——まぁ、ここがレクタヴィア神聖加護国だとわかったからには、東の大陸でやり直すことを考えるか！

アンジェラはアングルテール王国で流刑となった。刑期は一律七年。その間、強制労働をこなせば後は自由となる。

だが、航海は危険に満ちていたから、流刑船が難破するケースが多い。その流刑人が生き残った場合には、罪の執行は終了となる。つまり、アンジェラはすでに自由の身だった。

レクタヴィア神聖加護国は豊かな鉱山を有しており、柔らかな絹糸から作られた独特の色彩を持つ布地も名産品のはずだ。

特にレクタヴィア神聖加護国の国王、王妃の宝冠と王笏《おうしゃく》は他に類を見ないほど豪奢だと聞いていた。どこかで、その絵図を見た記憶もある。

——キラッキラの、王妃の冠と笏を手にしてみたいわね。それを目標にする?

アングルテール王国では王太子攻略に失敗したが、これで人生が終わったわけではない。まだアンジェラは二十一歳だし、これから新たな攻略相手と出会える可能性が大いにある。

——とわかったら、こんな無人島でグズグズしてはいられないわ。

アンジェラは廊下を経て部屋へと案内されながら、同時にクリスも観察していた。

——レクタヴィア神聖加護国で歴代王位についてきたのは、国一番の魔術師ですって。

国内の風車や水車は、魔法で制御されているそうだ。王族は格別魔力が高く、その威力は山を一つ吹き飛ばすことができるほどだとか。

クリスを足がかりにのし上がり、王族に近づきたい。目標は、王妃の座だ。

——クリスはどれくらいの地位なのかしら?

こんな無人島にいるぐらいだから、何かやらかして追放されたとか、そんな感じだろうか。

強い魔力から考えるとそこそこの地位はありそうだが、王族にアンジェラを仲介してくれるほどの地位にあるだろうか。

日が沈んだのに合わせて、廊下のあちらこちらでぼうっとした灯りを宿す照明器具が輝き始めた。

いったいこれはどんな仕組みなのかと、アンジェラは目を凝らす。だが、まるでわからない。

科学の仕組みが、目に見えないように。

屋敷は外側から見たよりも、ずっと広いようだ。

クリスはほどなく、その一室に入っていった。居間のようだ。暖炉には赤々と薪《まき》がくべられ、その前に座り心地の良さそうなソファが据えつけられている。

室内は豊かな貴族の屋敷のしつらえそのものだった。床には埃《ほこり》一つ落ちてはいない。全部、クリスが魔法で制御しているのだろう。

アンジェラはクリスと向かい合ったソファに座るなり、気になることを尋ねた。

「ここから対岸のルムスエまでは、どれくらいの距離なの？」

「船で一時間ほどかな。天気が良ければ、ここからよく見える。月に二度、そこから食料などが運ばれてくる」

「だったら次に来たときに、その船に乗せてもらってもいい？」

島からの脱出方法も見つかって、アンジェラは声を弾ませた。

アンジェラがドレスの裏に縫いつけてあった財産は、漂流の間に全て失われていた。

だが都市に行きさえすれば、いくらでも稼ぐ当てはあった。

だが、クリスはにべもない。

「ダメだ」

「なんでよ？　ルムスエの港までいいわ。そうすれば私という邪魔者はいなくなって、あなたはここで今まで通りの隠遁《いんとん》生活を送れるはず」

「得体の知れない女を我が船に乗せたとあらば、その後の責任も負わなければならないからな。そんなところまで、面倒見きれん」

――は？

何かびっくりするようなことを言われた気がして、アンジェラは瞬きをした。

――その後の責任って？　あなたが、そんなところまで責任取ってくれるの？　たかだか、船に乗せたぐらいで？

冷ややかでツンツンしているように思えたが、もしかしたらクリスはとても面倒見がいいタイプなのだろうか。それとも、世話をするのが当然だと考えるほど、育ちがいいのか。

呆然とした後で、アンジェラは詰めていた息を吐いた。

――まぁいいわ。ちょっとゆっくりして、その間に見極めていけば。

船は来たばかりだそうだ。そのおかげで、焼きたてのパイがあったのかもしれない。

次の船は十日後だと聞いて、それまでこの屋敷に居座ることに決めた。

人心の把握術は、心得ているはずだった。それまでにクリスのことを知り、最大限利用して次のステップにつなげたい。

そう思って、アンジェラは愛想のいい笑みを浮かべてクリスに手を差し出した。

「ともあれ、よろしくお願いするわ。クリス。私はアンジェラ。西の大陸の力ある魔術師で、その魔力ゆえに迫害されて、流刑になったところ」

「西の大陸では、魔術師には仕事がないと聞いた。西の大陸から、我が国に渡ってきた魔術師は、何人もいる。他人と一緒に暮らすのは好きではないが、仕方がない。しばらくは、この屋敷でゆっくりしてくれ」

クリスも立ち上がって、アンジェラの手を握った。

それからアンジェラの顔をしみじみと見つめて、ため息をついた。

「まずは、風呂に入ってくれ。そなたからは、生臭《なまぐさ》い魚の臭いがする。最初に現れたときには海の魔物が現れたと思ったのだが、今もさしてその印象は変わらない」

――何ですって！

自分がドロドロだという自覚はあったものの、それを直接、淑女に伝えるとは、なんという配慮のなさなのか。

――そういうところよ、クリス……！

この男が離れ小島で一人で暮らしている理由が、少しはわかったような気がした。

――まぁでもとにかく、お風呂に入れて天国だわ……！

ベタベタしていた海水を洗い流し、髪も綺麗にくしけずって、アンジェラは一息ついた。

流刑が決まったときに、髪はうなじのところでぷっつりと切りそろえられた。長い航海の間に、シラミなどがわくからだ。

——航海に出てからも、お風呂には入ってないわ。どころか、それ以前から！　牢に入れられたときから……！

のぼせるほどお湯に浸かり、何度も髪を洗った。自分が生臭かったのは、海水のせいだけではなかったかもしれない。

こうして、自由の身になれたことがとても嬉しい。

お風呂から上がると、タオルと着替え用のドレスが置かれていた。それを見て、アンジェラはしばし考える。

——クリスって、少女趣味……？

お風呂に入る前に、クリスが縞の囚人ドレスの替わりに、このドレスを魔法で作ってくれた。クリスが軽く指をパチンとすると、空中に手首から先の手がいくつも現れて、空中で白い花柄のカーテン布地が裁断され、あっという間にドレスになったのだ。

腰にはギャザーも寄せられ、フリルもついた本格的なドレスだ。腰の後ろのドレープも綺麗で、仕立屋が作ったと言っても不思議ではないほどの仕上がりの良さだ。

——だけど、白地に花柄、っていう布地のせいもあって、やたらと少女趣味に見えるのよね。男が女性にプレゼントする服には、その男の趣味が最大限反映される。だから、クリスがアンジェラに作ってくれたこの服も、クリスの趣味が最大限反映されていると考えていいだろう。

——純白のフリフリ。衿《えり》とか裾《すそ》に、可愛らしいフリルと花柄の刺繍。つまり、クリスの好みは、純真で可愛らしい少女、ってことよ。

アンジェラとはまるで違うタイプだ。そのことをまずは突きつけられたが、アンジェラはふっと苦笑しただけで流した。

——素の私はともかく、いくらでも相手に合わせてみせるわ。

だが、こんなドレスが自分に似合うだろうか、と少し不安になった。とにかく、アンジェラはそれに着替えてみる。

バスルームの中の鏡に、全身が映し出された。

黒に近い栗色の髪に、大きな瞳。あどけない顔立ち。顔立ちは幼く見えるほどだったが、こうして誰もいないところでスンとした顔をすると、目つきが険しいのが自分でも気にかかる。

だけど、そんな自分の頬を、アンジェラは励ますように両手で挟みこんだ。

——とにかく不平不満は言わず、あるべき材料でやるしかないの。この転生後の世界で、低いステータスのまま、どこまでのし上がるかが勝負よ！

アンジェラは鏡を見据えて、自分を励ますように笑ってみせた。

——大丈夫よ。私は、王太子まで堕《お》とした女。

男爵令嬢という低めのステータスは、同情を買うのに利用できた。ほっそりとした身体つきは男性の欲望を煽るには不利だが、その分、庇護欲を掻き立てることができるはずだ。

この険しい目つきを隠して攻略相手の懐に入りこみ、すごいすごいと褒め称えれば、その相手は虚栄心を満足させて、アンジェラを手放すことができなくなるはずだ。また同じ手を使えばいい。

――にしても、このドレスはないわー。いかにも童貞って感じ。

従順で純粋なタイプを好んでいるのが、クリスのドレスの趣味から如実に現れている。

――どうして男って、そういうタイプが好きなのかしら。

だが、そのドレスは意外なほどアンジェラに似合っていた。

サイズはぴったりだし、洗ったばかりのさらさらの栗色の髪が、白のレース地に映える。

――これなら、童貞も堕とせそう。

男に好かれそうな笑みを練習してから、アンジェラはハーッと深いため息をついた。作り笑いは疲れる。だが、素のままのアンジェラを好きになってくれる男はいないから仕方がない。

――まぁ、こんなところに長居するつもりはないのよ。まずは、クリスからレクタヴィア神聖加護国の宮廷の情報を仕入れる。クリスの身分によっては、王宮に上がれるように何らかのツテを得たいわね。

そのために、好かれるのは大切だ。

舞踏会に参加するには、それなりの身分も必要となる。クリスを足がかりに、どこかの貴族に取り入って、そこの養女になる必要もあるかもしれない。

――どこでも、ツテが必要だわ。

アングルテール王国ではアンジェラは男爵令嬢だったが、もうその身分は使えない。本国に照会されたら、流刑の理由まで全部知られてしまう。

さすがに王太子の元婚約者を娼館に売り飛ばした、なんて過去が明らかになったら、まともに相手してくれる人はいなくなるだろう。

考えながら、アンジェラはクリスを探して廊下に出た。

屋敷は広かったが、クリスはさきほどと同じ居間にいた。

白いドレスに着替えたアンジェラを見て、彼はハッとしたように身じろぐ。それから、少し赤い顔をして、ソファに座り直した。

白いドレスの純真な女性に、クリスは弱いのだろうか。

それが知りたくて、アンジェラはクリスの前に回りこんだ。

「着替えたわよ。似合う？」

クリスはチラッとアンジェラを見て、それからぎこちなく視線をそらせた。

「……フン、見違えたな。さきほどまでは腐りかけの海藻の臭いを漂わせていたが、今は、いっぱしの令嬢に見える」

まともなドレスに着替えただけで、そこまで言われるとは思わなかった。よっぽど、アンジ

ェラの姿はひどかったらしい。

——何せ、海の魔物だものね……！

アンジェラはふふ、と笑って、クリスの向かいのソファに座った。

こんなときの動きは肝心だ。自分はキチンとした教育を受けた良家の子女であり、それなりに身分のある女性だと伝えるために、指先の動きまで注意して動く。

男に敬意を払わせるためには、品の良さといったものが必要なのだ。

そのための礼儀作法は、身についているはずだ。なにせアングルテール王国では、王太子の婚約者にまでなることができた。特別な淑女教育も受けている。国王夫妻に紹介される寸前に、バッドエンドルートに入ったけれど。

「どこぞの令嬢かもしれないわ」

「ん？」

クリスは眉を寄せ、怪訝そうにアンジェラを見た。

嘘を言えばどんな身分にもなりすますことは可能だろうが、恋愛の場合は御法度《ごはっと》だ。信用できない女だと思われた途端、千年の恋も醒《さ》める。

だからこそ、アンジェラはクリスをまっすぐに見据えて、困ったように微笑んでみせた。

「記憶がないの。自分に関するものは、一切合切」

「西の大陸にいたと、言っていなかったか？　魔術師だと」

「そうよ。断片的にだけ記憶は残っているんだけど、自分のことに関する記憶だけは、すっぽり抜け落ちているの。船が沈没しそうになったときに、何か頭の中で、奇妙な感覚があって」

あのときは記憶が抜け落ちたのではなく、前世の記憶が戻ってきたのだったが、生命の危機に直面して、大きな異変があったのは事実だ。

そのときのことを思い出しながら言ったせいなのか、多少は信憑性《しんぴょうせい》があったらしい。

クリスはあやしむような顔をしたが、頭から否定することはなかった。

冬の間は、危険な逆巻く海流の関係で、東西の大陸の往来は遮断《しゃだん》される。十月から三月ぐらいの間は、貿易も情報も届かない。アンジェラの正体について、当面、身分の照会はされないだろうが、用心しておくに越したことはない。

クリスは小さく息をついて、形のいい足を組んだ。

「西の大陸は産業が発達して、ほとんど魔法は使われていないと聞いたが。それで迫害されていたのか」

「そのはずよ。私は西の大陸の、高名な魔術師だったはず。子供が轢《ひ》かれそうになって、慌てて蒸気機関車を止めたの。それが問題になって、迫害されて、流刑になったの」

「部分的には、詳しいんだな。自分のことについては、わからないんじゃなかったのか」

皮肉気に言われて、アンジェラはふふっと曖昧《あいまい》に微笑む。

自分の設定については何も考えていなかったから、これから整合性を取っていけばいい。

だが、ふと喉の渇きを覚えて、アンジェラは室内を見回した。もう少しクリスと話しこんで情報を集めたいのだが、お茶の一杯も出ないのだろうか。

「お茶が欲しいわ。いれましょうか」

「お茶？　必要か？」

「必要でしょ？　お風呂上がりだし」

「だったら、客人の手を煩《わずら》わすまでもない」

クリスは、またパチンと指を鳴らした。

すると、空中に手首だけが現れた。その手は暖炉でしゅんしゅんと沸騰していた湯をティーポットに移し、紅茶をいれていく。

その動きはなめらかで、その手首から先に一人の人間がいるようだった。

――便利ね。使い魔。

やがて、紅茶をついだ品のいいカップとソーサーが、アンジェラが座るソファのすぐ脇にあったテーブルに置かれた。

紅茶の香り高い匂いを胸いっぱいに吸いこもうとしたアンジェラだったが、そのとき、何か異変に気づいた。

――硫化水素？

先ほど、湧き水を飲んだときにも、硫化水素の臭いが鼻についたのだ。

――まさか……？

疑いながら熱い紅茶をほんの一口すする。その途端に、アンジェラは固まった。

――すごくマズい、わ。めちゃくちゃマズいわ。

ほのかに紅茶の味はする。だが、それを凌駕《りょうが》するほどの圧倒的な硫化水素の臭いが口いっぱいに広がった。つまりは、腐った卵の臭いだ。さきほど、小川の水を飲んだのと同じ類《たぐい》の。

あまりのマズさに吐き出しそうになったが、淑女のたしなみとしてそれは許されない。どうにか、必死で飲み下した。

だが、あまりのまずさに瞳孔が開き、どくんどくんと心臓が鳴り響く。

「ななな、……何なの？　これ……！」

クリスは気の毒そうにこちらを見ていた。

彼の前にも紅茶のカップが置かれていたが、その手はゆったりと腹のあたりで組まれている。

もしかしてお茶を出さなかったのは、このひどい味をクリスは承知していたからなのか。

「ここの水のせいだ」

クリスは沈痛な声を押し出した。

「まともに飲めないから、対岸の都市から水も運んでもらっているんだが、生水は三日で腐る。次の水が届くまでは、残念ながらここの湧き水を煮炊きに使うしかない」

「あなたの魔法で、どうにかならないの？」

今まで、クリスの魔法は万能に見えた。魔法の原理がわからないながらも、聞いてみる。指パチンでクリスは風呂の湯も沸かしてみせたし、アンジェラのドレスも作らせた。だが、魔法ではできることとできないことがあるらしい。クリスは居心地悪そうに身じろぐと、深く息を吐き出した。

「いろいろ試してはみたのだが、マズい水をマズくない水に変える魔法はない。湯を沸かしたり、凍らせたりもして、いろいろ試してはみたんだが」

「不便ね」

だったら、自分がやってみようかと、リケジョの知識があるアンジェラは、頭の中で水から硫化水素を取り除くプロセスを考えてみる。

一般的に水が臭い――腐った卵の臭いがする場合は、それは硫黄と水素が化合したものである硫化水素の濃度が高いせいだ。

――要は、硫化水素を取り除けばいいのよね。だったら、過酸化水素と硫化水素を反応させて脱硫《だつりゅう》してから、悪臭を取り除く方法が一般的だわ。ただし、かなり大がかりなプラントが必要となるから、ここでは作れない。だったら、活性炭《かっせいたん》を用いた方法しかないか。

活性炭なら炭の表面に特殊な加工をして無数の孔を作ることで、水の中に溶けこんでいるいろいろな物質を吸着することができる。

――まずは炭を作ってから、活性化させればいいのよね。それなら、この無人島でもできそうじゃない？

　アンジェラはそこまで算段してから、目を不敵に輝かせて、クリスに提案した。

「あなたができないのなら、西の大陸の力ある魔術師である私が、水から嫌な臭いを取り除いてみせるわ」

　提案した途端、ぱあああっとクリスの表情が輝いた。

「そんなことができるのか？　そなたは、すごい魔術師だ！」

　よっぽど水の臭さに辟易としていたのだろう。紅茶好きだったら、この水の臭さは致命的だ。東の大陸でも、西の大陸と同じように紅茶が好まれていると聞いたことがあった。

「可能よ。ただし、私の魔法はけっこう手間と時間がかかるの」

「かまわない。水を美味しくしてくれるのなら」

「ただし、条件があるわ。水を美味しくできたら、あなたは私に王城での推薦状《すいせんじょう》をつけて、対岸の都市まで送ってくださる？」

「王城での推薦状？」

　あやしむように、クリスの眉が寄せられた。アンジェラはそれを受け止めて、ぬけぬけと言ってのけた。

「力ある魔術師であるあなたの推薦状があれば、王城にも出入りできるでしょ。何をして、こんな無人島にいるのかは知らないけど」

「……そうだな。水を本当に美味しくすることができたならば、推薦するにあたる魔術師だと推薦状をつけて、そなたが対岸に渡るのを許可してやってもいい」

――やったわ……！

背に腹は代えられないらしい。よっぽどクリスは、水のマズさに辟易しているのだろう。

アンジェラは言質《げんち》が取れて、にっこりした。

だが、これはまだ第一段階にすぎない。ただ王城にあがる資格を得るだけではなく、そこで安定した就職先を探すか、攻略相手を見つけて攻略しなければならないのだ。

レクタヴィア神聖加護国の、宮廷の情報も聞き出しておきたい。

――まずは、私と合う年頃の王太子がいるかどうかが肝心よ。いたとしても、婚約者がいないかどうか。それと、できれば、性格と性癖も。

何より気になるのは、クリスの身分だ。

水がここまでマズかったら、煮炊きするもの全てが硫化水素の味になるはずだ。顔面に叩きつけられたパイから変な味はしなかったが、あれは対岸の都市から運ばれてきたものだからで、おそらくクリスのとっておきのお楽しみだったのかもしれない。

――こんなにも水が臭いのに、それでも人里離れたこの島で暮らさなければならない事情が、クリスにあるってことよね？

恐ろしい殺人鬼だったらどうしよう、と震え上がったが、水が美味しくなることを想像して、にこにこしているクリスからそのような殺気は感じられない。

「だったら、まずは下準備からね」

アンジェラは立ち上がった。日は暮れ、くたくたに疲れきってはいたが、作業を始めるのは早ければ早いほどいい。美味しい水を早く飲みたかった。アンジェラとしても、あのようなマズい水を飲み続けるのは勘弁してもらいたい。

暖炉に近づき、燃え残りの薪《まき》では役に立たないことを確認して、アンジェラは炭から作ることに決めた。

キッチンに行き、どの鍋を使っていいのかをクリスに確認して、ちょうどいい大きな鍋に堅めの木材をぎっしり詰める。それを、ガンガン火を熾《おこ》した薪の上に引っかけた。

しっかり隙間なく蓋《ふた》をしたのは、鍋の中の空気の流れを制限するためだ。

クリスはそんなふうに作業するアンジェラが興味深いのか、ひよこのようについてきて、すぐ近くからその作業をじっと見守っていた。

――だけど、疲れたわね……。

蓋をした鍋から少しずつ煙があがってきた時点で、アンジェラは大きなあくびをした。今日は本当に疲れた。せっかくクリスがいるのだから、作業を代わってもらうことに決めた。

何故なら、炭ができあがるまでにあと数時間はかかるからだ。

できるだけ殊勝な態度を装って、クリスにお願いしてみる。

「ごめんなさい。水を美味しくする大魔術の最中なんだけど、とても疲れて眠くなったわ。だけど、このまま絶え間なくずっと、火をくべておく必要があるの。この鍋の蒸気穴から、煙とガスが出てるでしょ。目安は五時間。その間、ずっとガンガンに火を焚き続けて。煙がここから出てこなくなったら、できあがりよ。火を消して、そのまま自然に冷ましておいてくださる？」

育ちがよさそうなクリスだ。

労働など冗談ではないと断られるかと思いきや、彼は物珍しそうに目を輝かせた。

「五時間か。意外と時間がかかるんだな」

「やってくださる？」

手間がかかりそうなことは、何でも使い魔に指パッチンでやらせているクリスだが、五時間も火の番をしてくれるだろうか。

断られたら頑張って起きているしかないと覚悟していたのだが、クリスはあっさりうなずいた。

「了解した。少しばかり、席を外しても大丈夫か？　寝室に案内するが」

「……代わってくださるの？」

「ああ。そなたはかなり眠そうだ。ぐっすり眠ってくれ。ただし、眠っているときに魔力を暴発させて、屋敷を吹き飛ばさないようにしてくれ」

「大丈夫よ」

持参した爆弾は屋敷には持ちこまず、屋敷の外の木のうろに隠してある。

導管に火をつけなければ爆発しないはずだが、保管にはそれなりに注意が必要だった。

「そうか。ならば」

クリスは居間を出て階段を上がり、二階の寝室まで案内してくれる。

そこにあったふかふかのベッドに身体を横たえたと思いきや、アンジェラはすぐに眠りに落ちたのだった。


昨夜は自分が通されたのがどんな部屋だったのか、確かめるだけの余裕がアンジェラにはなかった。

だが、朝になって目覚め、陽の光が差しこむ室内を見回してみると、かなり豪華な室内だということがわかった。このような無人島には不似合いなほどの、金のかかった内装に調度だ。

領主レベルかと昨日は思っていたが、アンジェラの実家である男爵家など比べものにならないほどの、王宮並みの豪華さだ。

――この建物も、クリスが作ったってことよね？

どこまでが幻影で、どこまでが実物なのだろう、と思いながら、アンジェラはベッドをなぞってみる。

精緻《せいち》な細工のベッドだったし、何よりマットがふかふかだった。ずっと眠っていたくなるほどだ。何せ、ここに来るまでは、アンジェラは長いこと、牢獄や船倉に身を横たえていた。固い床に直接横たわり、全身に毛布を巻きつけて、どうにか寒さに耐えてきた。

——住んでるのはたった一人なのに、ここまで豪勢なお屋敷を維持しているのって、どういうこと？

アンジェラは不思議に思わずにはいられない。

魔法には魔術師の概念が反映されると、聞いたことがある。つまり、椅子を作るのだったらその人の頭の中にある椅子が。テーブルだったらその人が思い描いた通りのものが作られる。だとしたら、クリスが『住むところ』を作ろうとしたときに、その頭にあった屋敷がそのまま出現したのではないだろうか。たとえ一人であっても、このように広くて豪奢《ごうしゃ》な住まいで暮らすのが、クリスにとってはあたりまえだったとしたら。

——まぁ、そこそこ身分のある人ってことよね。

外はすっかり明るくなっていた。ふかふかのベッドで二度寝したいところだが、さすがに炭がどうなったのか気にかかる。

アンジェラはどうにか起き上がり、階段を下ってキッチンへと向かった。その一角にあったかまどで、クリスが火を見守ってくれていたはずだ。

クリスはまだ、そこにいた。

テーブルについたまま眠りに落ちたらしく、突っ伏して片方の手だけ伸ばしている。長いまつげが頬に影を落とし、寝顔は少しあどけない。

──顔だけは、とても好みなのよね。

果たしてクリスはちゃんと火の番をしてくれていたのかとあやぶみながら、アンジェラはまずはかまどに向かった。火の上にかけた鍋のようすをうかがった。

蒸気穴から煙やガスが出なくなったらそのまま放置、という言いつけを、クリスはしっかり守ってくれたらしい。すっかり冷めていた鍋の中では、いい感じの炭ができあがっている。

アンジェラはその鍋をつかんで移動し、洗い場で中身をぶちまけた。

山から水を引いているらしく、このキッチンには水道も備わっている。水道から出る水からも硫化水素の臭いがするのに辟易としながらも、炭を綺麗に洗った。

それから、すりつぶす作業にかかる。

まずはガーゼに炭を包み、木槌《きづち》で叩いて粉末にしていく。

そんな作業をしていると、物音に気づいたのか、クリスがむっくりと顔を上げた。

「おはよう」

声が爽《さわ》やかだし、朝日の中で見る顔はとても端整だ。目がチカチカするような眩《まぶ》しさを感じていると、立ち上がってアンジェラの背後に近づいてきた。

「手伝おうか？　この炭を叩いて、細かくすればいいんだな」

育ちのいい坊ちゃんに思えるのだが、クリスは好奇心で一杯のようだ。それとも、自分が協力することで、早く美味しい水を飲みたいのだろうか。

クリスが不注意に背後から身体を寄せてきたせいで、アンジェラの首筋に一瞬、甘い吐息がかかった。その感触にビクッとすると、クリスは焦《あせ》ったように身を引いた。

アンジェラに近づきすぎたのは、寝ぼけていたらしい。

そんな反応から、アンジェラは勘ぐらずにはいられない。

――この人、……全然女性慣れしてないわよね？

それとも、人間自体に慣れていないだけなのか。ほのかにクリスの頬に朱が走ったのを、アンジェラは見逃してはいない。

「お願いするわ」

アンジェラはクリスに持っていた木槌を渡した。

クリスは使い魔に指示して、その作業を担当させる。

焼き上がった炭があっという間に全て粉末になったのを確認して、アンジェラはキッチンのテーブルに布を広げた。その布の上に、炭を敷き詰める。

「このまま、乾くまで一日置いておくの」

今日の作業はここまでだ。

だが、次の作業の準備が必要だ。アンジェラはキッチンを見回した。

船で運ばれてきた食料がキッチンの片隅にまとめて置かれている。冷やしておく必要があるものは、地下の氷室に保管されているそうだ。

「レモンをもらってもいいかしら」

その食料の中から、アンジェラはレモンを見つけた。おあつらえ向きに、十個ぐらいある。

欲しいものは塩化カルシウムだ。菓子などの湿気防止剤や、道路の凍結防止に使われる白い粉だが、それがなかったらレモン汁で代用できる。

一瞬、クリスの返事が遅れた。

「それで、レモンケーキを焼こうと思っていたんだが」

少しだけ、しょんぼりとした顔をされる。

孤独な暮らしを送っているクリスにとっては、甘い物が何よりの楽しみなのかもしれない。

「パイも……なくなってしまったし」

「あれって、悪意からではなくて、食べものを恵んでくれたつもりなの？」

ずっとそれが引っかかっていた。パイを顔面にぶつけるのは、普通ならば悪意の表れでしかない。そうされたアンジェラは腹の底から腹を立て、爆弾を作って押しかけたのだ。

ハッとしたように、クリスは表情をあらためた。

「海の魔物が現れたから、最初は追い返そうとしたんだ。だけど、腹が減っていると言うから。

ぶつけたのは、わざとじゃなくって、……あまりの不気味な姿に、手元が狂っただけで」

「あなたの大好物のとっておきのパイを、恵んでくれたってことなのね。私の顔面に」

あのパイはとても美味しかったし、餓えきっていたアンジェラにとっては抜群のカロリー補給になった。まだ恨む気持ちはあるが、それでもクリスのお楽しみを奪ってしまった感は拭《ぬぐ》えない。

ここでレモンケーキの材料であるレモンまで奪ってしまったら、次の食料の配達があるまで、クリスのお楽しみはなくなってしまうだろう。

だからこそ、アンジェラは少し考えた。氷室《ひむろ》があると言っていたはずだ。

「だったら、このレモン十個をもらう代わりに、アイスクリームを作るのはどうかしら」

「アイスクリーム？」

クリスがきょとんとした後で、花が開くように笑った。最初はツンツンとしているように見えたが、喜怒哀楽はわかりやすい。

そんな変化を、アンジェラは微笑ましく見守ってしまう。

——やっぱり、甘いもの好きなんだ？

「作れるのか？　あいにく、その、俺には、アイスクリームを作り出す魔法は使えなくてな」

クリスの得手不得手がよくわからない。だが、それがあるからこそ、アンジェラの存在意義が増す。

「いけるはずよ。塩化カリウム――塩さえ、あれば」

言っているうちに、アンジェラも猛烈にアイスクリームが食べたくなった。ずっと、そのような嗜好品とは無縁でいたからだ。

アイスクリームを作るためには、氷を砕いて、たっぷりと塩を振りかければいい。塩によって温度を下げるのは、基本的な化学の応用だ。

普通の氷の表面温度は、せいぜいマイナス二度にすぎない。だが、塩を加えたら一気にマイナス十五度ぐらいまで下がる。さらにじわじわと、マイナス二十度ぐらいまで下がっていく。アイスクリームには、それを利用する。

現世では市販の牛乳は水分と乳脂肪分が分離しないように加工されているから、それなりの工夫が必要となる。だが、ここの牛乳は無加工だから、単純に材料を混ぜていけばいい。

氷室で氷漬けにしても牛乳は日持ちしないようだが、どうにか腐ってはいないようだ。みっしりと氷を詰めた鍋の中に、アイスクリームの材料を入れたアルミの缶をセットする。アルミを使うのは、熱伝導率がいいからだ。

それから鍋に蓋をして、すっぽりと上から毛布で包みこんだ。

「これを、しばらく振り続けてくださる？」

「承知した」

クリスはその単純作業を使い魔に命じる。使い魔が上手に鍋を振るのを眺めながら、二人でキッチンのテーブルを囲んで、その作業を眺めた。

クリスが鍋を眺めながら、夢見るようにつぶやいた。

「城にいたころ、アイスクリームをたまに食べた。氷の魔術師が城に雇《やと》われていてな。彼が作ってくれるアイスクリームが絶品だった」

――城？

その言葉に、アンジェラは敏感に反応した。

――クリスは、城にいたの？

クリスは王族かと思ったが、領主の館《やかた》も『城』と称することがある。特に防衛機能の高い、城塞の役割を果たす館のときはそうだ。

――気になるわね。クリスの身分が。

まだ出会った翌日だが、早々にクリスの正体を聞き出しておきたい。

裕福な貴族のようだと察しはついているものの、とにかくどうしてこんな無人島で、一人暮らしをしているのか、という謎を解く必要があった。

――島流しされてたり、朝廷から追放されていたら、お話にならないわ。

とにかくアンジェラはレクタヴィア神聖加護国の宮廷に食いこんで、有力な攻略相手を探す必要があるのだ。

そうすることが自分の身分を安定させ、幸せになる方法だと疑ってはいない。

そもそもこの世界というのがどういうものなのか、アンジェラにはよくわからないままだった。

プレイしていた『プリンスウェル王立学園～胸キュン・プリンス奪還』の正ヒロインとして、転生している。だが、攻略相手であるアングルテール王国の王太子の心を獲得できず、流刑となった。

このバッドエンドの後の世界は、いったいどう続くのだろう。

転生前の記憶を取り戻してはいるが、すでにゲームは終わってしまっている。

それでも、アンジェラは攻略相手を探すしかない。そうすることでしか、裕福に生きられないと知っているからだ。

――商売を始めようにも、無一文になってしまったものね。

アンジェラは向かいにいるクリスを眺めた。

クリスは使い魔の手に揺らされている鍋を、楽しげに見上げている。頬杖をついて興味なさそうな風を装ってはいるが、その目の興奮は隠しきれない。

――よっぽど、アイスクリームが好きなのね。

その姿は何だか微笑ましいが、クリスは攻略すべき相手なのだろうか。乙女ゲームをやりすぎたために、アンジェラにとって男は全て攻略対象か、そうでない雑魚《ざこ》かの二択でしか区別できない。

そのとき、アンジェラの頭に何かが飛来した。

——あれ？

脳の一部が、ビリッと感電したようになる。その衝撃が去っていくのと引き換えに、忘れていた事柄が不意に蘇る。

——クリス・ルイレメン。

彼の立ち絵が、ありありと脳裏に浮かび上がった。

『プリンスウェル王立学園～胸キュン・プリンス奪還』では、クリスは攻略対象ではなく、アイテム交換のコーナーに出てくる魔術師だった。

さまざまなアイテムを交換してくれるキャラで、ツンデレな物言いをすることと、声の良さ。そして、姿の良さが人気を呼んだ。

ゲームの二作目では、クリスも攻略キャラになるというプレスリリースが出ていた。SNSでは、ちょっとした騒ぎになっていたはずだ。

——そうよ。クリスは、アイテム交換の魔術師。そして、二作目では攻略対象の一人……！

今まで思い出せないでいたことが脳の襞《ひだ》から出てきたような感覚があって、アンジェラは今にも消えてしまいそうなその記憶をもっとつかみ直そうと躍起《やっき》になる。

大ヒット作となった『プリンスウェル王立学園～胸キュン・プリンス奪還』をリリースしたゲーム会社は、手を出した健康食品会社が大ゴケして、大きな借金を負ったそうだ。

それに目をつけたのが、別作品の大ヒットで快進撃を続けていたエロゲ会社だった。そのエロゲ会社が『プリンスウェル王立学園～胸キュン・プリンス奪還』の版権を買い取り、その名物プロデューサーの移籍も成功させたというニュースがＳＮＳを駆け巡った。

それもあって、ゲーム二作目は十八禁要素が加わる、というネタ混じりの推測で持ちきりとなった。

──そうよそうよ！　そこまで思い出したわ！

これは、たぶん重要な情報だ。どうせなら全部思い出したいのだが、思い出せるのはそこまでだった。ひどくまどろっこしい。

それに、どうしても引っかかることがあった。

──私は、そのゲーム二作目をプレイしたの？

プレイしていたなら、その攻略キャラやそのセリフや言動が、もっとありありと思い出せるはずだ。攻略法も覚えていたら、攻略は容易い。

記憶がなくとも、アンジェラは前回、アングルテール王国の王太子をかなりいいところまで攻略することができたのだ。最後の最後で失敗したのは、現世の記憶がなかったから、どこかで選択肢をミスしたせいだと思いたい。

だけど、次こそ失敗するわけにはいかない。バッドエンドはこりごりだ。

──クリスは攻略相手。もしかして今は、ゲーム第二作目の世界に入っているってことなの？　だから私は遭難して、クリスと顔をあわせたってこと？

自分の言動が全て他人の意志によって操られているような、不気味な感覚にアンジェラはゾッと鳥肌を立てた。

だが、それ以上はどうしても思い出せない。

必死になって記憶を探ってみたが、第二作目のパッケージすら脳裏に浮かばない。

プレスリリースが掲載されていたのは、乙女ゲームの情報誌のはずだ。クリスが攻略キャラにくわわる、という情報を目にして、どんなキャラになるのかしら、と胸をときめかせた記憶まではあった。

――だけど、その先……！　肝心なのは、その先よ！

クリスの攻略法が知りたい。

だが、全く何も思い出せないうちに頭が真っ白になって、アンジェラは大きく息をついた。

――まぁいいわ。クリスなんてちょろいはずよ。ツンデレ属性で、どこかピュアなところを持っている寂しがりでしょ？

そのとき、視線に気づいて眼差しを巡らせると、クリスがアンジェラをじぃっと見つめているのに気づいた。

長いまつげが煙る、幻想的な顔の良さだ。

そもそも『プリンスウェル王立学園～胸キュン・プリンス奪還』は作画が良いのが、人気だったはずだった。

その美形が見つめてくるのだから、アンジェラもときめかずにはいられない。

何かもの言いたげに思えて、アンジェラはドキドキとした。クリスが攻略キャラだと気づいたからには、彼との距離を縮めていかなければならない。

クリスのほうも、アンジェラに何か運命を感じているのだろうか。

「な、……何？」

若干の媚《こ》びをこめて、可愛らしく言ってみた。

だが、クリスは無造作に鍋を指さした。

「これは、いつまで揺らしておけば？」

意味ありげで物憂げな眼差しは、アンジェラではなくてアイスクリームに向けられていたことに気づいて、アンジェラは幻滅した。

――ダメだわ、クリス。全然ダメ！　乙女のときめきのツボを、全く心得てない！

だが、こんなふうにクリスが自分に全く興味を示さないのは、すでに今までで選択肢を大きく間違えたせいかもしれない、とアンジェラは気づいた。

顔面にパイを投げつけられたとはいえ、爆弾で応じるなんて、乙女ゲームの世界では、一番間違った選択ではないだろうか。

――しかも、海の魔物よ！　顔面から海藻垂らした海の魔物が、爆弾持って押しかけてきたのよ！

アンジェラが初っぱなからあのような行動を取ってしまった以上、クリスとの恋愛フラグは、もはや完全に折られてしまったと判断してもいいのかもしれない。

——だって、仕方がないじゃない！　すでに攻略ルートに入っているなんて、思わなかったんだもの……！

クラクラする。クリスには素で接しすぎた。かなうことならば、岸に打ち上げられた人魚姫のように幻想的な出会いをしたかった。なのに、海の魔物だ。

——もうダメかもしれないわね……。

アンジェラは遠い目をした。

『プリンスウェル王立学園〜胸キュン・プリンス奪還』は選択肢が厳しいので有名だった。一つでも選択肢を間違えたら、バッドエンドに入ってしまうという話もあった。アンジェラはこまめにセーブしながら、リセットを繰り返して攻略したのだ。

——まぁいいわ。まずはアイスクリームを食べるわ！

「そろそろできたころかもね！」

荒々しく言った後で、アンジェラは使い魔に鍋をテーブルに下ろさせた。まずは色気よりも、食い気だ。起きたばかりで何も食べていないから、とてもお腹が空いている。

毛布を開き、鍋を取り出すと、金属の冷たさがてのひらに直接伝わってきた。冷たいを通り越して、痛みを覚えるほどだ。

アイスクリームの材料が入った容器を揺らすことで泡を立たせ、その泡ごと凍らせることで、ふかふかとした美味しいアイスクリームができる。

期待しながらアルミ缶を取り出し、アンジェラはその中にスプーンを差しこんだ。いい感じに凍っているようだ。

クリスが二人用のガラスの容器をいそいそと準備し始めたので、そこにたっぷりと盛りつけた。すると、使い魔がそれにフルーツと生クリームまで飾りつけてくれる。

ちょっとしたパフェ並みに、美味しそうな品ができあがった。

それを囲んで、アンジェラは期待たっぷりにクリスを見た。

「じゃあ、食べましょうか」

「ああ」

「ここで食べる?」

「ベランダに出るか?」

言われたので、二人でガラスの容器を持って二階のベランダまで上がった。今日の海は、とても綺麗で真っ青だ。

それを眺めながら、手すりにガラスの容器を乗せて、口に運ぶ。

何せ、長いこと流刑船に押しこめられていた。最下層部の船倉での食べものは、塩漬けの肉を焼いたものと、歯が立たないぐらいガチガチの乾ききったパンだった。

——それに比べたら、アイスクリームはとんでもないすごいご馳走よ……！

期待通りの美味しさが、アンジェラの舌の上に広がった。

この世界のスイーツは、基本的にとても美味しい。牛乳から手作業でバターやチーズを作っているから、濃い味がする。

その美味しさに打ち震え、空を振り仰いでから、アンジェラはクリスを見た。

クリスもスプーンを口に入れた途端、幸せそうな表情になった。そんな表情の変化が、やたらと可愛くアンジェラの目に映る。

——麗しいわ。スイーツを楽しそうに食べる男は、目の保養よね。

アンジェラが前回、攻略に失敗したアングルテール王国の王太子も、甘味がどうこう、と言っていたのではなかったか。それにあまり注意を払わなかったせいで、攻略に失敗したのではないか、という疑念がある。

だから、今度こそそういうものにも注意を払おう、と思いながら、アンジェラはさらにアイスクリームを口に運んだ。

濃厚なうまみが広がった。

バターに近い香味を持った生クリームのうまみに、バニラビーンズが極上の香りをくわえている。この世界の牛は穀物飼料ではなく、自然の牧草のみを食べて育つ。その牛から絞られた

乳に、放し飼いで育った鶏《にわとり》の卵。原材料としては最高だ。

――美味しすぎるわ……！

何より甘みが、五臓六腑《ごぞうろっぷ》に染みわたる。

とにかく、身体が求めていた味だ。

クリスも味覚に全感覚を集中させていたらしい。

目が合うとひどく真剣な顔をしたから、口に合わなかったのかと緊張した。

「とても美味しい」

だが、そんなふうに言われて安堵した。

「それはどうも」

「天才魔術師だな。どこで、この技を？」

砕いた氷に塩をまぶして、温度を下げる。それくらいは、誰にでもできる簡単な化学だ。魔法が使われない代わりに多少は産業が発達しているアングルテール王国では、喫茶店でアイスクリームを作るときなどにも使われていたのではないだろうか。

アンジェラは鷹揚《おうよう》に微笑んでみせた。

「いつでも、作ってあげられますわよ」

「すごいな」

純粋に感動しているクリスに、アンジェラは微笑ましさを覚えた。純粋培養な子猫ちゃんだ。

最初は警戒心が強いように思えたが、美味しいもので懐柔《かいじゅう》できそうな気がする。

二人の距離が縮まったように感じられるから、クリスの正体をそろそろ探ってみてもいいだろうか。

「あなたはどうしてこの島で、一人で住んでいらっしゃいますの？」

ベランダで、遠く海を見ながら聞いてみる。

「え？　あ、……あの、……」

目を白黒させてごまかそうとするような顔をしたクリスに、アンジェラは思いきってさらに踏みこんでみせた。

「レクタヴィア神聖加護国の、王族のかた？」

王族には特に魔力が強い者が出ると聞いていた。違うかもしれないが、まずはカマをかけてみる。

クリスは空になったアイスクリームの容器を手に、たっぷり五秒は固まっていた。

「どうして、……知ってるんだ？」

──え？　あたりなの……！

クリスのさりげない品の良さや、純粋培養《ばいよう》されたような態度。服装や、この屋敷の規模から推察すれば、レクタヴィア神聖加護国の王族かもしれないという推測も立つ。

だが、そのものずばりだとは驚きだった。

「どうして王族のあなたが、こんな無人島で一人で暮らしているの？」

問題はそこだった。

よしんば王族だとしても、その身分を剥奪《はくだつ》されていたり、城に戻れない事情があるのだったら意味がない。

クリスは遠い目をして、どう答えようかと考えているように思えた。ここまで正体を見抜かれるとは、思っていなかったのだろうか。

だが、開き直ったように表情を引きしめた。

「俺はレクタヴィア神聖加護国の王太子、クリス・ルイレメン」

——王太子……！

その宣言に、アンジェラは思わず拳《こぶし》を握りそうになった。

王族であっても、第二王子や第三王子などでは意味がない。アンジェラが求めているのは、大国の王妃の座だ。目指すのはいつでも、国のトップだ。

目が自然と見開かれ、ごくりと生唾を呑まずにはいられなかった。美味しい獲物が目の前に現れた興奮が全身を包みこむ。つり上げたくて血が騒ぐ。

だが、そんな気負いのあまり固まっていたのが吉に働いたのか、クリスが不思議そうにつぶやいた。

「そなたは、驚かないのだな」

「王族がたとのお付き合いは、慣れておりますから」

とっさにそんなふうにつぶやいたとき、記憶喪失の設定だったと思い出して、アンジェラはハッとした。

アングルテール王国にアンジェラについて身分の照会がされたら、全ての嘘《うそ》がバレる。

――冬の間は大丈夫よ。だけど、三月になって、西と東の大陸との、品物や情報の行き来が再開したら、……私がアングルテールの人間だと知られてしまったら……。

だから、それまでにクリスを、どうしようもないほどに丸めこんでしまいたい。人はたいてい、自分の信じたいことを信じる。アンジェラのことを手放したくないとそのときまでに思ってくれたら、どんな嘘でも信じてくれるはずだ。

――だから、惚れこんで手放せなくなるほど、たらしこんでおきたいわ。

そんな決意を固めたアンジェラを横目で眺めて、クリスは持っていたガラス容器を近くの椅子の上に乗せた。

「王族との付き合いとは、どんなものだ？　そなたは都合がいいときだけ、記憶を失ったり、戻したりできるのだな」

もちろん嫌味だろう。

純粋培養に思えて、たまにこういうひねこびた物言いをする。だが、それくらいでなければ、アンジェラは面白くない。

「部分的にだけ、覚えているのよ。王族との付き合いはあったものの、周囲の人間にあることないこと吹きこまれて、所在なくなった記憶がぼんやりとあるの。流刑になったのは、たぶん体のいい厄介払いだと思うわ。魔術師である私に、心を奪われた王族のかたがおりましたから」

「ひどいな――とは言いたいが、そなたがそんなタマか？」

ふふん、と半笑いで切り返されて、アンジェラはギョッとした。

「え？　今、何を」

「パイを投げつけたのは、確かに俺のほうが悪い。だけど、それに平然と立ち向かってくるような海の魔物が、おとなしく虐《いじ》められるとは思えない」

「パイを投げたことは、反省しているのね？」

まずはそのあたりをハッキリさせようとすると、クリスは沈痛な顔をしてうなずいた。

「そうだ。俺はコントロールが悪い。魔法の」

「コントロールが悪い。魔法の」

そんな言葉を聞いたことがなくて、アンジェラは確認するように繰り返した。

だが、クリスはかまわず続ける。

「普通の女性なら、あそこで退散する。だが、そなたは再び戻ってきた。しかも、中に入れろと脅迫して、自分の持つ魔力を見せつけた。まるで容赦《ようしゃ》がなかった。あのようなことをするそなたが、あることないこと吹きこまれて、流刑になっただと？　そなたがしおしおと運命を受け入れるようなタマか」

あきれ果てた口調ながらも、自分のことをしっかりと理解しているような口ぶりに、アンジェラは面白くなってきた。

今までは上手に猫さえ被《かぶ》れば、誰もアンジェラのことを疑わなかった。クリスは純粋培養に見えるくせに、人間観察はしっかりできているらしい。

――鋭いわね！

確かにアンジェラは、やられたらのしをつけて、叩き返すタイプだ。

――こうなったら、猫を被っても無駄だわね。

これは、作戦変更が必要かもしれない。適当に男をおだてて虚栄心を満足させるという、今までの攻略法は使えない。

「事情があるのよ、いろいろと」

アンジェラは同情を誘うべく、ふうっと深いため息をついてみせた。

この世界は、一応は中世ヨーロッパをベースにしているらしい。だいぶ適当だし、妙なところもあるのだが、この世界に生まれた女性が一人で生きていくのは大変だと、アンジェラは理解している。

まともな給金を得られる職場もなく、親や夫の財産を相続する権利もない。

商売をするには、有力な後ろ盾が必要となる。つまりは『より身分があり、権力がある男との結婚』が、この世界を生き抜くための必須条件だ。

だから、アングルテール王国では一番権力があるバカな男をたらしこみ、婚約者の座にまで納まった。だけど、最後の最後で失敗した。

——何が悪かったんだろう……。

アンジェラには、ずっとそれが引っかかっている。いろいろなほころびは最初からあった。嘘で嘘を繕《つくろ》い、あまりよけいなことは考えないようにして、ひたすらトゥルーエンドまで駆け抜けようとした。

——だけど、あんまり楽しくはなかったわ。

攻略したところで、アンジェラに残るのはゲームを上手にやりきった、という満足感ばかりで、それ以外のものは何もない。愛情もない。ときめきなど何もなかった。

アンジェラは一度も誰かに、恋愛感情を抱いたことがないのだ。淡い初恋すらした記憶がないし、萌《も》えという感情もわからない。

——だけど恋愛なんて、たいていは自己催眠でしょ？

アンジェラはそう判断している。

自然に恋に堕ちるのではない。恋をしたい男女が、あえて自分をそういう状態に陥《おちい》らせているだけだ。

「私のことより、あなたの事情を聞きたいわ」

アンジェラはしたたかに微笑んでみせる。

アングルテール王国の王太子の前では、あくまでもか弱くて庇護欲を掻き立てる無力な男爵令嬢を装っていた。

だが、クリスには手製爆弾を持って押しかける姿を見られているから、素の姿を見せるしかない。今さら庇護欲をそそる女の演技をしても、無意味だとわかっていた。

クリスはふう、と深いため息をついて、遠くを見た。あまり話したくないらしいから、逆に聞き出したくなる。

だからこそ、アンジェラは少し近づいて、低い声で脅した。

「話さなかったから、二度とアイスクリームを作ってあげないわ。水を浄化する話も、なしにするから」

「えっ」

「本気よ」

アンジェラはドスの利《き》いた声で断言した。

クリスは困惑したように、前髪を掻き上げた。なおもぐずぐずしていたから、アンジェラはさらに脅した。

「話さなかったら、あなたが寝ているときに寝間着をおへそまでめくって、風邪を引かせるかなかったからだ」


らね！」

「わかった。わかったから……！」

辟易《へきえき》したかのように、クリスは両手をあげて降参した。

「俺がレクタヴィア神聖加護国の王都から出ることになったのは、魔法のコントロールが利かなかったからだ」

「さっきも言ってたわね。魔法のコントロールって、どういうこと？」

「生まれたときには、俺の魔力は大したことはなかった。だが、成長するにつれ、巨大すぎる魔力が周囲に影響を及ぼすようになった。ちょっとした感情の揺らぎがあると、雷雲《らいうん》が王都の上で渦巻き、稲光が空を裂く。川が渦巻き、逆流し、大風が家々を吹き飛ばす」

「それって」

「最初は、王都で頻発《ひんぱつ》するようになった災害が、俺のせいだと思っていなかった。だけど、次第に関連づけずにはいられなくなった」

学園にも何人か魔法を使える生徒はいたが、そのほとんどが手品程度だった。

天災に近いほど気象状況を操れる魔力の持ち主は、おそらくいなかったはずだ。

「すごいわね」

正直にそんな感想を持ったが、クリスは真剣な顔で首を振った。

「幸い死者までは出なかったが、いつそんな事態に陥るか。——そのような災いをもたらしているのが自分だと気づいたら、王都には住めない。しかも、コントロールが悪いんだ」

「コントロールが悪い……」

その言葉が、クリスに深くのしかかっているように感じられた。

「自分で意図して、この場所に雷を落とそうって狙えるのならば良い。だけど、俺の場合は雷を落とそうとすると、雹《ひょう》が降る。雨をピンポイントで花壇に降らせようとしたら巨大な竜巻《たつまき》が発生して、俺の花が全部散ってしまった」

「……悲しいわね」

――俺の花……？

さりげに出てくる単語が愛らしいことに、アンジェラはほっこりしてしまう。水撒きを手抜きしようとして巨大な竜巻を作り出してしまったクリスは、どれだけ慌てただろうか。

「つまり、人死にを防ぐために、王都から離れるしかなかった、と」

「一番の理由はそれだが、他に理由もある。……疲れてたんだ。王太子としての勤めに」

――なんですと……？

このあたりは、しっかりと聞き出しておかなければならない。アンジェラの勘が騒いだ。

だから、精一杯、理解者を装って尋ねてみた。

「どういうことなの？」

「王太子として生まれ落ちた俺には、周囲の期待がつきまとった。ちょっと何かをすれば、素晴らしいと皆が褒《ほ》めそやす。だから、その皆の期待に応えようとして、俺は『いい子』を装った。なまじ優秀で空気が読めただけに、皆の期待通りにふるまうことができた」

そんなことをてらいなく口にするあたりが、さすがは純粋培養の王太子だ。

「ふうん？　それで？」

「本来の俺は、そのように周囲から期待されるような人間ではなかったんだ。もっと朝寝坊もしたかったし、だらだらと夜更かしもしたかった。引きこもるのが好きなのに、毎日のように社交の場に引き出され、にっこりと作り笑顔を浮かべて、おべんちゃらを口にしなければならない。そのような生活に、とても疲れていた」

「それって、誰でもそうでしょ？　そんなのは、欠点のうちに入らないわ」

思わず、アンジェラは言っていた。

「そうなのか？」

驚いたようにクリスは目を見張る。

何を言っているんだと呆れながら、アンジェラは腕を組んだ。

「もっと、ダメな性格というのがあるもの。そうね、大国の王太子の場合は、すごく傲慢だったり、人を傷つけたり、殺したりして楽しむ輩《やから》がいるわ。そんなのに比べたら、ちょっとサボりたいぐらい、可愛いものよ。おべんちゃらを言いたくないってのも、それだけ正直な性格ってことでしょ」

「そんなふうに言われたのは、初めてだ」

クリスは目の前で何かが弾けたように、びっくりした顔をしている。それから、はにかむように笑った。

「俺は自分の欠点ばかりに目を向けていたのに、そなたは俺の良いところを見つけてくれるのだな」

――あら？　ちょっといい雰囲気？

「俺にはよくできた弟がいるんだ。弟に魔力はないのだが、俺よりも真面目で優秀だから、そっちのほうがふさわしいかもしれないと――」

「あなたはいい王になるわ」

最後まで言わせず、アンジェラは慌ててかぶせるように言った。

クリスは自分の攻略相手なのだから、いずれ王になってもらわなければ困る。王位を弟に譲るのは、完全に攻略できないとわかってからだ。

ましてや攻略できた場合に隠遁《いんとん》生活などされたら、バッドエンドも同然だった。

――だって、私は王妃になるのだもの。

華やかな暮らしがしたい。王城でちやほやされたいし、社交界の中心になりたい。無人島でいつまでも暮らすなんて、まっぴらだ。

そのためには、クリスのこの屈託を解消するしかないだろう。

「つまり、魔力がコントロールできず、王城での『いい子』ちゃんなふるまいにも疲れていたから、この無人島に来たってわけね。追放されたとか、戻れない理由があるとかじゃないわよね？」

「この島に来て二年が経つのだが、……まだそのコントロールができない」

クリスは手すりに肘をついて、はぁああっと深いため息をついた。

「完全なものではなかったとしても、少しはコントロールできるようになったの？」

「いや、むしろ悪化している」

「はぁ？」

責められているように感じ取ったのか、クリスが言い訳のように言葉を継いだ。

「努力はしてるんだ……！　王城のツテを通じてあらゆる本を取り寄せ、学んでいる。魔力のコントロール法を知る人がいると噂を聞けば、そこまで出向いて教えを乞うた。だけど、年々、魔力は増す一方だ。制御できないまま王都に戻れば、今度こそ死者が出る。それに――」

「それに？」

「一人で暮らすのは、悪くはない。多少の寂しさは感じるものの、この島にずっと暮らすのもいい。城に戻ることを考えると、うんざりする。好きでもない相手に愛嬌など振りまきたくないし、朝はだらだらといつまでも眠っていたい」

「誰でも人が自然体で、好きなように生きていると思っているの？」

クリスは島を出たくないようだが、アンジェラはそうではない。

まずは、このだらけた根性をたたき直すのが先だと、アンジェラは決意した。

もう素はバレているのだし、ここは思いっきり発奮させて、島を出る方向に向かわせたい。

「あなたは自分だけ我慢してると思っているのかもしれないけれども、好きでもない相手に愛嬌《あいきょう》を振りまかないでいられる人なんて、それこそ無人島にでもいかないかぎり無理だわ。誰でも人は、多かれ少なかれ、周囲の人に合わせてふるまっているものなの！　むしろあなたは、王太子という地位があったから、その無駄な愛嬌を振りまくのを、だいぶ軽減させられていたはずよ」

誰もクリスにそこまで言ってやることはなかったからか、クリスはまたびっくりした顔をした。

「そなたも、……愛嬌を振りまいたことがあると？」

いかにもそなたは自然体で生きているだろ、という疑いをかけられて、アンジェラは憤慨した。

「あなたに愛嬌は振りまいてない。それは、最初にこの花のかんばせにパイをぶつけられたからだわ。そんなヤツには報復するのが正解だけど、この私でも今まで、さんざん愛嬌を振りまいて生きてきた。王太子ではないから、それだけペコペコして過ごさなければならなかったの」

「う」

王太子として生まれたことを重荷として感じているクリスに、その地位がどれだけ恵まれたことなのか、思い知らせてやりたい。

アンジェラは腰に腕を突っ張って、ガミガミとまくし立てた。

「そんなにも巨大な魔力を得たことも、むしろ感謝すべきものなの！　あなたはその立場と地位にふさわしい責任を果たすべきだわ！　高貴な身分に生まれ落ちたものは、それだけ責任を背負いこむのよ！」

思いきり言ってやって、すっきりした。

出会ったころ、ことさらクリスが無愛想だった理由がようやく納得できた。彼は無駄に愛嬌を振りまきたくなかったのだ。そのために、あえてここで一人で生活しているほどなのだから。

――よっぽど疲れていたのね。

だけど二年も休んだから、そろそろ人と触れ合ってもいい。これ以上、クリスが孤独に慣れてしまう前に、華やかな暮らしに連れ戻す必要がある。

そんな下心ありありの言葉だったのだが、クリスには衝撃を与えたようだ。

しばらく固まった後で、詰めていた呼吸を吐き出した。

「そんなことを言われたのは、初めてだ」

「……そうかもね」

王太子には、誰もが遠慮する。高貴な身分であれば、家族のつながりもそう濃密ではない。

「高貴な身分に、ふさわしい責任か。そんなことを考えたことがなかった」

何だか感銘を受けているように見えた。

ノブレス・オブリージュ。

一般的に財産、権力、社会的地位の保持には義務が伴うことを指す。物語に親しんだり、乙女ゲームをやっているような層には――つまりアンジェラにとっては、普通に浸透している言葉でもある。

転生したことによって、こうして身分の高い人々と顔を合わせることが多くなった。だからこそ、口に出せた言葉だ。

――でもまぁ、逃げの体勢はダメだと思うのよね。

せっかく高い身分に生まれ落ちたからには、それを謳歌すべきだろう。アンジェラにも、そのおこぼれを回してもらいたい。

「よしっ！」

よっぽど感銘《かんめい》を受けたのか、クリスが何か気負った顔で手すりから離れた。

「どこに行くの？」

「外だ！　魔力を制御するための訓練をしてみようと思う……！」

アンジェラもうなずく。

クリスがどれだけ魔力のコントロールが悪いのか、ここでしっかり認識しておきたかった。

アンジェラは魔法について、まるで知らない。クリスの本気というものを見ておきたくて、クリスの後についていくことに決めた。

二人で屋敷の門から出ていく。

裏手にある道を使って、島の高台を目指すようだ。

そこにあがると、アンジェラが打ち上げられた海岸も見えた。今まで雲が多かったので、遠くは煙って見えなかったものの、今日はすっきりと晴れている。

遠くに大陸があり、その海沿いに城壁に囲まれた都市も見えた。

「あそこがルムスエ？」

聞いてみると、クリスはうなずいた。

かなり栄えて見える都市だ。その港に、帆船《はんせん》が盛んに行き来しているのも見える。

――あそこまで、船で一時間か……！　泳いでも渡れそうに見えるけど、無理よね。

急な流れでもあったら、今度こそ海の藻屑《もくず》だ。

島から早く出ていきたくもあったが、ここは大国の王太子であるクリスと無人島で二人きりという絶好の状況を楽しむべきだろう。まずはクリスをじっくりと攻略し、完全に無理だとわかってから、次の攻略相手を探すために島から出ても遅くはない。

対岸の都市のようすを眺めていたアンジェラの横で、クリスが空と海を交互に眺めながら、小さく口の中で詠唱を始めた。

　言葉はよく聞き取れない。古代の魔法の言葉が使われているのかもしれない。本格的な魔法を使うときには指パッチンではなくて、ちゃんと詠唱する必要があるのだろうか。

　クリスが詠唱を終えて頭上に手を差し伸べると、みるみるうちに空が曇って、灰色の雲が渦巻き始めた。その中心はクリスだ。クリスが王都に被害を与えるぐらいの大魔術師、という言葉は大げさではなかったらしい。

　その雲の間に稲光まで走るのを見て、アンジェラは危機感を覚えた。雷の直撃だけは避けなければならない。自分たちは高台にいるのだ。

「これから、何をするの？」

「竜巻だ……！　ちょうどいい感じの竜巻を海に向けると、魚が巻き上げられて降ってくることもある。うまくいったら、それが今夜のおかずだ……！」

　言い終わらないうちに、いきなり強い稲光が目の前を走った。

「きゃっ！」

　視界が真っ白に染まり、その直後にバリバリバリバリという爆音が耳をふさぐ。あまりの音と迫力に、アンジェラの心臓は止まりそうになった。

　二人が立っていたところからそう遠くないところに、雷が落ちたのだ。

　これが直撃したら、死んでいたかもしれない。

「ちょ、……ちょ、……何よ、これ……」

　間近にした死の恐怖に、声が完全にかすれていた。まだ耳の奥がふさがっているような感覚がある。その場にへたりこみそうだ。

「すまない。竜巻のつもりだった」

　クリスが天に差し伸べていたままの手を、海のほうに振り下ろした。その途端、クリスの指の先から火炎放射のように火柱が立ち上ったことに、アンジェラは仰天した。

「ちょっ、……ちょっ……！」

　無意識の仕草のようだった。その手が自分に向けられていたら、今頃アンジェラは消し炭になっていたのではないだろうか。

「なんてこと、……すんのよ……」

　そう口にするだけで精一杯だった。

　クリスのほうはこの惨事になれているのか、あまり動揺したそぶりはない。

「今は火を出すつもりはなく、あくまでも竜巻のつもりだった」

　訂正するようにつぶやいてから、クリスが再び手を空に向ける。

　ゴゴゴゴゴ、と鈍い音が響いた後で、今度はものすごい勢いで雹《ひょう》が降ってきた。小さな石ぐらいはある大きさだったから、それがぶつかるたびに全身に痛みが走る。

　アンジェラはたまらず屋敷に向かって走り出しながら、言っていた。

「わかった！　わかったから、ノーコン魔術師は、これ以上、気象の魔法を使わないで」

「ああ。そうしたいのだが、もはや止めかたがわからない……！」

「あなたが王都にいられなくなった理由が、よくわかったわよ……！」

早くこの大粒の雹を止めて欲しかったが、クリスにもどうにもならないらしい。二人で大急ぎで屋敷まで走って戻ったが、途中で雹に大粒の雨が混じり、雷が上空のあちこちでピカピカと光り始めた。アンジェラはいつ雷が近くに落ちるのかと気が気ではない。

さきほどの雷のショックが、まだ全身に色濃く残っている。

どうにか屋敷まで戻って門をくぐり、玄関まで一気に駆け抜けた。

室内に入り、使い魔が出してくれたタオルで濡《ぬ》れた髪や肩を拭っていると、同じく濡れ鼠になったクリスも駆けこんできた。

アンジェラを見て、しょんぼりとした顔をする。同じくタオルを使い魔から受け取りながら、クリスはうなだれた。

「すまない。……どうにか、コントロールしたいと思ってはいるんだ。……今回の詠唱は、間違いなく竜巻のものだった。それにミスはない」

アンジェラは深くため息をついた。

クリスの魔力の強大さと、その制御できなさはよく認識できた。

「何が間違っているのか、私にはわからないけど、このままじゃ、確かに王都には戻れないわね。これから、毎日特訓して。ただし、私抜きで。あと、この屋敷が壊れるほどの壊滅的《かいめつてき》な被害は出さないでくれると助かるわ」

「そうしたい。だけど、……もはやどうしていいのかわからないんだ。この二年間、あらゆる方法を試してきた。それでも、……見ての通りだ。そなたも魔術師ならば、何か方法を、……もしくは、俺を導いてくれそうな良き魔術師を知らないか？」

すがるような目を向けられたが、アンジェラにあてがあるはずもない。

だが、こんなにすごい魔法を見せられたのは初めてだった。これを上手に操ることさえできれば、お金儲けもできるはずだ。干ばつで困っている地域にクリスを連れていったらたっぷりと礼金がもらえるだろうし、雷で敵軍を蹴散らすことも可能だろう。

――ただし、コントロールできたら、の場合よ。現状では、逆に被害が広がるばかりだわ。

「残念ながら、私の魔法は私独自のものだから、誰かに教えたり、あなたを矯正《きょうせい》することもできないの。それに、私が西の大陸で出会った魔術師は、手品ぐらいの魔法しか使えない」

「西の大陸では魔法は衰退していると聞いていたが、本当にそうなのだな」

クリスがしょんぼりしているのが、とても可愛い。

濡れてボサボサになった髪と、うなだれたうなじが愛らしくて、アンジェラは励ますようにそっとその髪をタオルで包みこんだ。

「大丈夫よ。どうにかなるわ！」

すがるような瞳と、目が合う。

その途端、屋敷のすぐそばに雷が落ちた。

かなり大きな雷だ。視界がまた真っ白に染まり、ビリビリという衝撃が地面越しに伝わる。

爆音に耳をふさぐ。

「きゃあ……っ！」

二度目の恐怖に、アンジェラは反射的に目の前のクリスにしがみついた。

雷の衝撃は長くは続かない。

三秒後にアンジェラが全身から力を抜こうとすると、クリスに強く抱きすくめられていることに気づいた。アンジェラの腕にも、かつてないほどの強い力がこめられている。

びっくりするほどクリスと密着していた。

――え、……これ……。

隙間なく抱きすくめられている。ここまで近いと、クリスの身体のたくましさを否応なしに感じ取らずにはいられない。

――背が高いのね。……腕の中に、……すっぽり……入ってる。

どくんどくんと、鼓動が乱れ打っている。これは雷の衝撃のせいなのか、それとも抱きしめられたせいなのか、アンジェラ自身でも判別できない。

不思議なほど動けなかった。雷のショックもあったから、こうして抱きしめられることに安て、何も考えられない。


堵する。クリスの腕には強い力がこめられていて、身じろぎもままならない。

心臓がドキドキと鳴り響く。その音が大きくなりすぎて、耳をふさいだ。頭が真っ白になって、何も考えられない。

だんだんとぼうっとしてきた。

息苦しさのようなものはあるのに、不思議と気持ちが良かった。いつものように、こざかしく頭は回らない。ただ鳥の雛《ひな》のように、その腕の中で安堵《あんど》する。

――抱き合うのって、……こういう……ことなの……？

今までは、ボディタッチに効果的なタイミングを、慎重に見極めて行っていた。相手の太腿に手を沿えるのは、性的な合図に他ならない。相手との親密さを増す効果に加え、異性として意識してもらうために使用してきたのだ。

なのにそんな過程を吹っ飛ばして、いきなり抱きしめられている。それなのに心地よくて、この時間がずっと続けばいいと願っている。

全身から力が抜けた。

何もかも委ねたくなったとき、ハッとしたようにクリスが身じろぎ、アンジェラの肩を両手でつかんで、べりっと引き剥がした。

いきなりの乱暴な動きに、アンジェラはびっくりして正気に戻る。

――私、何を……。

焦ったのはクリスも同じらしく、真っ赤な顔をして言ってきた。

「そ、そなたが抱きつくから……！」

首まで真っ赤だ。視線も合わせてこない。これはアンジェラに限らず、女体を抱きしめたのが初めての体験だったからだろうか。

「ごめんなさい」

反射的にそう口走っていた。

アンジェラのほうはクリスの身体の意外なほどのたくましさにぼうっとしていたが、クリスのほうはどうだろうか。

アンジェラはさして胸が豊かなほうではない。抱きしめても、柔らかな感触を感じ取れるかどうかは微妙なところだ。

だがクリスが玄関から立ち去るとき、混乱したように口走ったのが聞こえてきた。

「女の子は、……柔らかいな……」

第二章

——柔らかかった！　柔らかかった！　柔らかかった……！

その感触が切り離せず、クリスは部屋に戻るなり、ソファに転がってクッションで顔をふさいだ。

靴を履いたまま足をばたばたっと上下させ、わぁわあああああっと声もなくもだえる。

今までクリスにとって女性とは、厄介で面倒なものでしかなかった。幼いころから魔法が使えたから、事故を恐れてクリスの身の回りの世話をするのは男性だけに限られていたせいかもしれない。

それだけにクリスにとって女性は、未知の生き物だった。知っている女性といえばクリスを見るたびに顔をしかめる大叔母と、顔を合わせるたびにやたらと礼儀作法についてガミガミと言ってくる母親ぐらいだ。

そろそろ年頃だから、王城ではクリスの結婚話が話題に上りつつあった。だが、クリスにとって女性は忌避《きひ》の対象でしかなかった。

未知のものに近づくのは苦手だから、放っておいてもらいたかった。こうして無人島暮らしを始めたのには、縁談を押しつけられたくなかったという理由もある。

そんなふうに、ひたすら女性とは無縁でいたいクリスだ。なのに、いきなりあの柔らかな感触は衝撃すぎた。

あまりにもアンジェラがほっそりとしていたから、自然と腕に力がこもった。胸のあたりに柔らかなものが当たっているのが心地よくて、よりそれを感じ取ろうとしていた。

だが、途中でそれが何だかわかって、その瞬間に頭に血が上がった。何も考えられなくなった。

――柔らかかった。とても柔らかかった。

だが、柔らかいだけではなかった。何か身体の芯にダイレクトに作用するような、不思議な感触だった。思い出しただけで身体が変調を来たすから、できるだけ考えないようにしたいのに、それでもあの感触はつきまとう。

――何なんだ、あの女は……！

クリスはひどく混乱した。

クリスの平穏な生活をかき乱す、厄介な闖入者《ちんにゅうしゃ》だ。屋敷から閉め出して、風雨をしのぐための簡単な小屋だけ作ってやって、そこに住まわせたほうがいいのではないのか。

次の船が来たらすぐさまそれに乗せて、自分のそばから消してしまえばいい。

——いや、だがアンジェラが、そんな境遇に甘んじるとは思えない。

一夜の宿を断ったら、この屋敷を破壊しようと魔法の玉を持って乗りこんできたほどの女だ。

——だったらアンジェラにこの屋敷を明け渡して、俺がどこかに小屋を建てれば。

そこまで考えて、クリスはわぁあああっともだえた。自分は一国の王太子だ。どうして自分が追い出されなければならないのか。

——それに、……アンジェラはアイスクリームが作れる。水を浄化する魔法も、今、準備してくれている。

せめてあと数回、アイスクリームを作ってもらって、水を浄化させる魔法を作動してもらってからでもいいのではないだろうか。

クリスはソファに仰向けになって両手を腹のあたりで組み、目を閉じた。

落ち着こうとしたつもりだったが、自然とアンジェラの身体つきを想像の中でなぞっていた。

首筋はほっそりしている。背後から見ると、髪がみだれかかるうなじが可憐だ。小さな顔に、それを縁取《ふちど》る栗色の柔らかそうな髪。

小さくて細くて何もできないように見えるのに、それでもクリスに向けてくる目つきは不遜だ。少しも媚びるようなところはなく、力に満ちている。

——何なんだ、あの女は……。

クリスはまた頭をガリガリと掻きむしった。

またしつこく蘇《よみがえ》ってきた柔らかな感触に暴れ出しそうになっていると、クリスはふと何かの気配に気づいた。顔に押し当てていたクッションを外して、室内に視線を向ける。

誰かがこの屋敷の門を開閉したときには、使い魔が知らせにくることになっていた。その使い魔が、クリスから少し離れた虚空に姿を現していた。

慌ててクリスは起き上がり、部屋の窓辺に立って屋敷の門のあたりをうかがった。そこから、アンジェラが出ていく後ろ姿が見えた。

——どこに行くんだ……？

すでに、クリスが降らせた雨は上がっている。

別にどこに行こうがかまわない。だが、どこで何をするのかが気になって、クリスは早足で部屋を出て、アンジェラの跡を追おうとした。

クリスが門を出たときには、すでにアンジェラの姿はなかった。それでも、使い魔に聞けば、アンジェラがどの方向に向かったのかすぐにわかる。

もしかしてこの島から出ていくつもりなのかと焦ったが、月に数度の食料を運ぶ船はここに常駐してはいない。海を渡る魔法が使えなければ、対岸まで移動はできない。

それに、アンジェラが向かったのは桟橋のある砂浜とは反対側のようだった。

——しかし、……アンジェラなら別の強い魔法が使えるのか？

アンジェラは高名な魔術師だと言っていた。屋敷の庭を吹き飛ばした魔法の玉の威力といい、水から嫌な臭いを取り去る魔法を使おうとしているところといい、クリスとはまた種類の違う魔術師らしい。

アンジェラがいなくなってしまうと考えただけで焦りを覚え、クリスの足は速まる。

そんな自分に、クリスは混乱した。

――誰も島に来て欲しくないと、願っていたはずなのに。

たった一人きりの、平穏な生活。

誰も自分を煩《わずら》わせないし、好きなだけ朝寝もできる。

だが、そんな生活でも二年も続けば飽きた。そんなときに、姿を見せたのがアンジェラだ。

使い魔が指し示したのは、道なき道をかき分けていく道だった。

いったい、この方向に何の用があるのだろうか、と思いながら、クリスは木々をかき分ける。

アンジェラは森の中に入り、島の中央部に向かっているようだった。

島にきてすぐのころ、クリスもそのあたりを探険したことがある。そこに何があったかを、ようやく思い出した。

――何やら得体の知れないものが、流れ着いているところがあった。そこか？

海岸に海藻やら船の一部などが打ち上げられているのは、よく見る。だが、そこは海岸から離れていたから、漂流物ではないはずだ。見たことのないものが、ごちゃあっと堆積《たいせき》しているところがあるのだ。

——アンジェラはそこに向かっている？　何のために？

木々をかき分けると、ようやくアンジェラの後ろ姿が見えた。

アンジェラはまさに、その謎の品物が集積している中央に立っていた。すでに目星をつけてあったらしく、その中から目的のものを拾い上げては、持参した袋に詰めていく。

何を拾っているのか知りたくて、クリスは草木をかき分けて近づいていった。その気配に気づいたのか、アンジェラが身体を起こして振り返る。

「……っ」

どこか鋭い眼差しを向けられて、ドキッとした。

アンジェラと顔を合わせているだけで、クリスは緊張する。

「ここで、何を？」

「魔法の材料になるものを、拾っているのよ。私の魔法には材料が必要なの」

クリスはうなずいた。

クリスの魔法はあまり材料を必要としないが、魔女が使う魔法には何やら特別な材料を必要とすることが多い。クリスはその材料集めを手伝ったことがあった。

だが、ここにあるものは得体が知れなさすぎて、クリスでも手を触れることができずにいた。

それを、こともなげにアンジェラは拾い上げていた。それだけで、尊敬に値する。

——やはり、アンジェラは優れた魔術師だ。

近づくだけでも本当は怖かったのだが、アンジェラがいたから安心してその集積物全体を見回すことができた。

「ここにあるのは、見たことがないものばかりだ。魔力の残存は感じられないが、品々に並々ならぬ魔力がこめられていることは、見ただけでわかる。たとえば、これだ」

クリスは手元にあった、透明な筒状のものを指し示した。

得体の知れないものに触れるのは禁忌だから触れることはしないが、何やら見慣れない文字と一緒に精巧な絵画が描かれていた。その精巧さは、そのまま世界を写し取ったかのようだ。かなりの手間暇がかかったものだろうに、無造作にいくつも転がっている。しかもそれは一つ一つ柄《がら》が違うのだ。

「これが何なのか、そなたは知っているのか？」

尋ねると、アンジェラは楽しげにくすっと笑った。

「ペットボトルよ。異世界人はそれに飲物を入れて、持ち歩くの」

異世界、という言葉を聞いたのは初めてだったが、それがどういうものなのか、クリスは自然と理解できた。ここと似たような世界であって、違うところ。

「このような精巧な絵がついたものにか？」

「そうよ」

「これを描くのは、途轍《とてつ》もない手間暇がかかる。異世界人はそれに魔法を使うのか？」

アンジェラにこれらの知識があるとわかってたて続けに尋ねると、アンジェラはふふっと笑った。

「それは一個一個描いているのではなくて、一気にばばばばっと転写できるの。一秒でとんでもない枚数が生産されるのよ。それをその筒に巻くのも、手作業じゃなくって魔法でしてるようなもの」

「え」

その行程が想像できなくて、クリスは固まった。

いくらクリスが強大な力を持つ魔術師だとしても、そのようなことはできそうもない。そもそも、想像もできない。

——それに、まずはこの透明で奇妙な形をした容器だ。どうして、こんな形をしている？

信じられない思いで、ペットボトルと言われたものを凝視《ぎょうし》する。

その間に、アンジェラは目的を果たしたらしい。異物の山から出てきて、クリスに近づいた。

「戻りましょう。戻ったら、ちょっとした魔法を見せてあげるわ」

「え？　ああ。それは嬉しい」

クリス自身はこの謎のものが山積みになった場所に用はない。少し怖いのだ。今聞いた、とんでもない生産工程を経た品々と、取り残されるのもごめんだった。

ちょっとした魔法を見せてあげる、と言った通りに、屋敷に戻ったアンジェラは、キッチンにクリスをさし招いた。そこには水道もあるし、木槌やいろんな道具もあるから、アンジェラには好都合らしい。

何かを鍋の中に入れて火をつけ、融《と》かして混ぜて丸い形に流しこんで冷やしてから、ランプを消した。そうしたら、カーテンを引き、陽《ひ》を遮《さえぎ》った室内で、アンジェラが持ったそれがぼうっと光った。

まるで夜光虫のような光だ。なのに、それは瞬かない。こわごわ触れさせてもらったところ、なめらかな表面から生きている虫の気配は感じられない。

固まったクリスに、アンジェラは説明してくれた。

「これは、トウモロコシ由来の、融点の低い生分解プラスチックを原料にしているの。それに光を効率よく放つ蓄光材を混ぜこんで、溶かして固めたのよ。今はただの丸だけど、素敵な形にしたら、発光アクセサリーが完成するわ」

「発光アクセサリー……？」

「それを昼間のうち光に当てておいたら、夜になっても長い時間、こんなふうにぼうっと光るの。この世界では、めちゃめちゃウケるはずよ。高値で売れるわ！」

アンジェラが口走った言葉はほとんどわからなかったが、高値で売れる、という言葉だけはクリスにもよく理解できた。

「それには同意だ。これは高値で売れる。皆、このように不思議で美しいものを欲しがる」

「次に船が来るまでに、いくつか作ってお小遣い稼ぎしたいわ。今、一文無しだから」

「お小遣い稼ぎ」

「対岸の都市の露店で、それを売りたいの。まずは、顔役に話を通す必要があるわね。まぁ、そのあたりの手続きは得意よ。あなたには頼らないから、船にさえ乗せてもらえれば、後は私がやるわ。材料代はタダだから、ボロ儲《もう》けね！」

「ボロ儲け」

アンジェラが口走る言葉の一つ一つが、クリスには衝撃的だった。

何よりお金を稼ぐことを心から楽しんでいるようなアンジェラの態度に、クリスはびっくりした。

——露店で品物を売って、お金を稼ぐ……？

クリスは王太子として生まれ落ち、何不自由なく城で育てられた。ここで一人暮らしをしていても、品物は勝手に運ばれてくるから、貨幣にさえ触れたことがない。だが、アンジェラは何でもないことのようにお金儲けをしようとしている。

「いや、だが」

商人の真似事をするのは、さすがにアンジェラでもハードルが高すぎるのではないだろうか。

貴族はそもそも商売をしない。労働は卑《いや》しいことだという意識がある。頑張って商売をしたところで、貴族の商売は失敗するとオチが決まっていた。アンジェラは王族とも関係がある、と言っていたはずだ。だったら当然、貴族階級出身だろうから、その子女が売買に詳しいはずがない。

――いや、だが、西の大陸では商業も発達していて、個別の品々を売る商店や、それらの商店がずらりと通り沿いに並んだアーケードなるものがあると、晩餐会で聞いたことがあるような。

西の大陸と冬の間は完全に貿易が途絶えるのだが、レクタヴィア神聖加護国では質の高いワインを産出している。それを輸出する代わりに、西の大陸からはいろんなものが運ばれてくる。それなりの付き合いがあった。

何かと王城には西の大陸の商人や、商人を仲介する貴族なども出入りしていた。晩餐会のときに西の大陸の国々の街のようすや、商売の仕方が話題に上がることがあった。

固まっているクリスの前で、アンジェラは楽しみでたまらないように言ってきた。

「いろいろ作って、試しに売ってみたいの。あそこには、使える材料がいろいろあるわ。量産する前に、どんな形や品物がこの国の人々にウケるのか、その傾向をつかむところから始めないと」

「そなたは、商いをすることに抵抗はないのか？　女性が関わるには、大変な世界らしいが」

「だけど、お金ほど確かなものはないわ」

アンジェラはきっぱりと言い切った。

「何があっても、お金さえあればそこで生き抜くことができるもの。パンも買える。まずは小商いで元手を増やしていって、どんどん大きな商売がしてみたいの」

「ほう？」

「センスには自信があるわ。いずれは素敵な小物の店を開きたい。それを身につけた私が社交界のトップになったら、皆がそれを真似して買うわ。そういうチートは大好きよ」

アンジェラはうっとりとした目をする。

だが、すぐに表情をキリリと引きしめた。

「だけど、今は現実を見据えるべきね。まずは端金《はしたがね》にしかならないかもしれないけど、このちっちゃな子供騙しの小物を売ることから始めてみたいの。人気がでれば、だんだんと値段をつり上げることも可能だろうし」

クリスはアンジェラの手元の光を見つめた。子供騙しとアンジェラ自身は言っていたが、あやしい青い光に魅せられる。こんなものを作ることができるとは、すごい魔力だ。

クリスは火を灯《とも》すことはできるが、それをこのような小さなアクセサリーの中に封じこめることはできない。クリスにはない能力を、アンジェラは持っている。

「とても神秘的な光だ。まずは、俺に売ってくれないか」

それが放つ青白い光が、アンジェラのほっそりとした指を照らしている。いつまでも見ていられる、神秘的な力だ。

「いくらで買ってくれるの？」

ほくそえむような笑みを、アンジェラは浮かべた。

クリスはハッとした。

「そうだ。俺は貨幣を持ってはいない。だから、金を取り寄せよう。いかほど必要かな？」

何か必要なものがあったときには、城まで手紙を飛ばして頼むことになっていた。金が届くまで、どれだけかかるだろう。

考えていると、その青白い光に映し出されたアンジェラは嬉しそうに微笑んだ。

「あなたにはあげるわ。その反応を見れば、わりと売れそうかしら」

「売れるなんてもんじゃない！　これは素晴らしい。光はどれくらい続くんだ？」

「昼間のうちに、紫外線をたっぷり吸収させておけば大丈夫よ。蓄光物質《ちくこう》は、紫外線を吸収しやすい分子構造を持っているの。それを、より波長の長い光にして、ゆっくり放出するのが蛍光の仕組み」

またしてもよくわからない説明をされたが、つまり日に長めにさらしておけば大丈夫なようだ。

「そなたは、すごい魔術師だ」

アンジェラのことをまじまじと見つめて、そんなふうに褒めてみる。

アンジェラはやはり軽く肩をすくめて「ただの子供騙しよ」と返したのだった。


それからアンジェラは、クリスの力を借りて水を浄化する作業に取りかかった。

細かな粉状にして乾かした炭に、レモン汁を少しずつ入れてペースト状にする。それからさらに一日放置して水分を飛ばし、三時間加熱して活性化すればできあがりだ。

その炭を目が細かな布に入れて、浄水フィルターを作った。そこにゆっくりと水を通せば、硫化水素の臭いがしない水ができあがるはずだ。

その作業を、アンジェラはクリスとわくわくと見守った。

綺麗に浄水された水ができてきたので、それを使ってクリスが使い魔に紅茶をいれさせる。

「どうかしら」

味見はしていない。

居間のテーブルを二人で挟んで、それぞれカップを前に顔を見合わせた。理論上はうまくいったはずなのだが、果たして結果はどうだろうか。

そっとカップを口元に移動させたとき、アンジェラの鼻孔をふわっと紅茶の芳香がかすめた。

今までは、硫化水素の臭いしか感じられなかったはずだ。

――成功した……？

考えながらも紅茶を口に含むと、笑顔になった。じわじわと美味しさが広がっていく。足かけ四日もかかったが、それだけの価値はあったはずだ。努力が報われたときほど、嬉しいことはない。

クリスと目が合うなり、アンジェラは手を突き出した。

「やったわね！」

「ああ！　そなたは、すごい魔術師だ！」

パチンと手を打ち合わせ、成功を祝う。

クリスが手放しでアンジェラを褒めてくれるのが、とても嬉しかった。現世の知識を利用しただけで、何ら特別なことはしていない。だが、こんなふうに褒められるのは悪くない体験だった。

何より、水が浄化できるようになったのはすごい進歩だ。これで紅茶も美味しくなるし、ここで煮炊きするものが全部美味しくなる。そう思うと、心が弾んだ。

野菜や穀物をゆでるのも、スープを作るにも、ここの湧き水が使われていた。だから、何もかもが硫化水素味になるのだ。

「ずっとこの水で、二年間過ごしていたなんて、すごい忍耐力よね」

思わずつぶやいた。

クリスの喜びようは尋常ではなかった。早速使い魔に、今夜はご馳走を作るように命じている。


——やっぱり、嫌だったのね、硫化水素味……。

本当に、何もかもがマズかった。硫化水素の味がしないものは、対岸から運ばれてきた保存の利く食べものだけだ。だが、固く焼いたパンは、アンジェラに航海中の食事を思い出させたから、どのみちげんなりな食生活だった。

美味しい紅茶を飲み干し、使い魔におかわりを頼んでから、アンジェラはクリスをゆったりと観察した。

水も美味しくなったところだし、これから本気で攻略しなければならない。

クリスはとても幸せそうに、紅茶を飲んでいた。

出会ったときは、無愛想な人嫌いに見えていた。だが、こうして紅茶の美味しさに目を細めている姿は、とても可愛い。

——まずは、クリスの好みのタイプをリサーチしようかしら。

二杯目の紅茶が、二人のグラスを満たした。それを飲みながら、アンジェラはおもむろに口を開いた。

「水が美味しいと、これから何でも美味しくなるわね」

「そうだな。紅茶の美味しさは、格別だが」

「これであなたは、ますますこの無人島に安住できるようになる。だけど、お城にあなたを待っている人はいないの？」

身分のある者には、幼いころに親同士が決めた婚約者がいるケースも多い。いくらクリスを攻略したところで、婚約者がいたら面倒なことになる。それに、国における全能の権力者である王が反対したならば、クリスとはやはり結婚できない。

クリスの表情が、途端に強ばった。

「いない。俺を待っている者など、一人もいない」

だが、どこか人恋しそうな態度にも思えた。アンジェラが行くところについてきたり、食事を一緒に取りたがったり。

隠遁者を気取ってはいても、根っこのところでは人恋しいのかもしれない。

アンジェラのことも一度は追い返そうとしたものの、こうして一度家に招き入れたら、何かとお茶に誘ってくれる。話をする相手が欲しいのだろう。

「あなたを待っている人というのは、婚約者とか、恋人のことよ？」

クリスはわかっているとでも言うようにうなずいて、ことさらソファにふんぞり返った。

「そういう人はいない。縁談からは極力逃げてきた。女はうるさいし、あら探しばかりするから、嫌になる」

――どんな女と付き合ってきたのよ？

　クリスは王太子だし、強大な魔術師だ。容姿も麗しい。これで女性と縁がないというのは不思議だが、彼の持つ魔法があそこまで制御できないことを思うと、危なくて女性はそばに近づけなかったのかもしれない。

「それでも、あなたの立場だと、無理やり押しつけられることもあるでしょ？」

　ごく当然なこととして尋ねてみたのだが、クリスは憤慨《ふんがい》したような顔をした。

「だから、そんな人はいない。押しつけられるのが嫌だから、ここに来たんだ」

「どんなタイプが好みなの？　こういうタイプが好きっていうのはある？」

　普通ならストレートに本人に尋ねることはしない。さりげなく周囲から情報を集める。だが、ここには二人しかいないし、クリスにはすっかり素で接してしまったために、今さら取り繕うのも無意味だ。

　この手の話をすると、恋バナが苦手な男子は少し攻撃的になる。クリスもそのタイプのようだ。

「だから、誰もいないって言っただろ！」

「それでも、お世継ぎのために」

「何が何でも結婚しなければならない状況になったときには、仕方がないから君とは全く違うタイプを選ぶよ！　静かで、従順で、俺に何も仕掛けてこない女性。優しい人！」

　――あのねえ。

これは、攻撃的に牽制されているのかもしれない。だが、その言葉には本音が忍んでいる気がした。

——そうよね、男はみんな、従順で、優しい女性を求めたがるのよ。

ふざけんな、と思う。

単に自分に都合のいい女性がいいのだ。女性に権利とか、人権など認めていない。

——はー……。もう疲れるわ。

アンジェラはあからさまに深いため息を漏らした。男など面倒だから、一人で生きていきたい。恋愛などすべて幻想でしかないし、男の機嫌を損ねたら人生終了だなんていうリスクを背負って生きるなんて、不幸でしかない。男なしで生きていきたい。

それでも、クリスは攻略対象だった。

何かがこの世界で、始まっているような気配がある。自分はそのゲームの登場人物であり、攻略対象としてのクリスが目の前に現れた、という感覚が消えない。

ここで攻略に失敗したら、流刑以上のバッドエンドが待っていそうな恐怖もあった。

第三章

クリスの攻略法を決めあぐねたまま、アンジェラはその島で日々を過ごすこととなった。

その日は、異世界からの漂流物がある場所に、また足を運んだ。せっせと生分解プラスチックを拾い、長く発光する蓄光材を探し出して、金儲けの材料にするためだ。

さらに何か役立つものはないかと探していると、クリスがひょっこりと顔を見せた。

「あら」

クリスは少し恥ずかしそうにしながら、周囲をぐるりと見回した。

「ここにあるものはとても興味深いのだが、少し怖い。だが、そなたがいれば大丈夫だ」

ここは、大国の王太子にはふさわしくない。要はゴミためだ。

だが、そんなところでもクリスは目を輝かせていた。アンジェラが無造作にいろいろ拾っているからか、同じように手を伸ばそうとしていたから、注意した。

「触《さわ》ったらダメよ。感染症の危険があるし、思わぬ薬品が未処理のまま転がってるかもしれないから」

わざわざ自力で精製しなくても使える純粋な薬品の瓶は、アンジェラにとってはお宝だ。だが、中には危険な薬品もある。下手に分解が進んでいたら、触れただけでも爆発して、クリスがケガをする可能性もあった。

「だが、そなたは――」

「私はいいの。わかってるから」

触っていいものとダメなものの区別は、現世の理系の人間ならできる。だがそれと同じことを、クリスに期待するのは無理だ。

クリスはおとなしくうなずいた。近くにあった大きな岩に腰掛け、アンジェラの作業を間近で観察することにしたようだ。

いろんなものが無秩序に転がっているから、目的を定めて探すのは不可能だ。アンジェラはそこにあるものを組み合わせて、何に使えるのかいちいち考えなければならない。

だけど、ここにあるのはすごいお宝だった。たとえばペットボトル一つ、自分で原材料から作ったとしたら、とんでもない手間がかかる。

――とにかく、蓄光アクセサリーの材料はだいぶ集まったわ。

今日のところは、これでいいだろう。

アンジェラはかがめていた腰を伸ばした。それから、クリスがわくわくと「これは何だ？」と尋ねてきたラジエーターや機械の部品について答えてから、屋敷へと引き返す。

――ここにきて、十日ぐらいか。

アンジェラの分の食料を、今回は増やしてもらっている。クリスは魔法を使って、対岸と連絡が取れるそうだ。

一度船が食料を載せてやってきたが、アンジェラがその船に乗って対岸に渡らなかったのは、もう少しクリスとの関係を深めておきたかったからだ。

――それに船はまた二週間後に来るって言ってたし。

山道を歩きながらも、アンジェラはふと思いついてクリスに追いつこうとした。密かな下心がある。そろそろクリスとの距離を詰めておきたい。

――このままだと、異性の親しい友人、って感じになっちゃうのよね。

歩きながらさりげにクリスと手が当たるぐらい近づき、手の甲が当たるように仕向けてみた。だが、クリスはいっこうに手を握ってこない。男女付き合いが不慣れなクリスに合わせて、まずは手を握るところから、というお遊戯から始めているというのに。

仕方がないから、偶然を装ってアンジェラのほうから握ろうとしたが、すっとかわされた。

――え？　これはわざと？　それとも、わざとじゃない……？

さりげにクリスを観察してみたが、感情は読み取れない。

食べものを前にしたときは、露骨に『嬉しい』『美味しい』という感情をダダ漏れにするクリスだ。なのに、こんなときには無表情になるから困る。すみれ色の光彩も、こんなときにはよけいに感情が読み取りにくい。

それでも高い鼻梁や、煙るようなまつげの長さが際だって、アンジェラはしばし見とれた。

――『女』を意識させるのは、ボディタッチが一番いいはずなんだけど。

アンジェラは、現世ではまともに男性と付き合った経験がない。リケジョの優等生として学年トップに君臨していたために、自分より成績の悪い男子から避けられていた。自分よりできる女に苦手意識を持っていたからだ。

アンジェラもそんな同級生らと付き合おうとは思わず、ますます乙女ゲームにのめりこんでいった。乙女ゲームには、明白なノウハウがある。まずは好感度を上げて相手のことを知り、選択肢を間違えなければいい。

さらには、ボディタッチや偶然のアクシデントを通じて、相手との距離を詰めていくのだ。だけど、こんなふうに手を握ることさえ拒絶されたら、アンジェラはどうしていいのかわからなくなる。クリスに手を握ってもらいたくて、手の甲にばかりに意識が集中しているというのに。

ふと、クリスに抱きしめられたときのことを思い出した。

屋敷の玄関のすぐそばで雷が落ちて、反射的に抱き合ったことがあった。そのときの、息が詰まるようなドキドキ感が蘇る。

それに比べたら、手をつなぐなんて児戯《じぎ》みたいなものだけれど、クリスのほうからつないでもらえたら、きっとあれに似たドキドキが味わえるだろう。

そんなことばかり考えていて、足元への注意がおろそかになっていた。うっそうと木々が茂った山道だ。太めの道から狭い道に入ったとき、クリスと並ぼうとして、無理やり足を進めたのが間違いだった。

「きゃっ！」

ずずっと足がすべり、とっさにクリスの腕をつかんだ。

それでも身体が支えられず、落下する恐怖にすくみあがったとき、反射的にクリスがアンジェラの腰に腕を回して支えた。

だが、アンジェラの両足はすぐに安定感のある大地につく。

ハッとして足元を見ると、ほんの十数センチの落差しかなかったようだ。クリスのほうもそれに気づいたらしく、ことさら冷静につぶやかれた。

「すべっただけだよね？」

「……そうね」

「手を離しても大丈夫か」

そうは言ったが、二人の身体は不思議と離れない。アンジェラがクリスの腕をつかんでいるだけではなく、クリスもアンジェラの腰をつかんだままなのだ。どちらから力を緩めていいのかわからない状態に陥っていた。

アンジェラもクリスに抱きついた力を緩めようと思っているのだが、今の十数センチの落下によって鼓動が跳ね上がり、今でもドキドキした感じが続いていた。そのせいか、またぼうっとして、次の動作に入れない。男性の腕というのは、これほどまでに力強いものだっただろうか。

ときめきと安堵感があった。何か泣き出したくなるような切なさも不思議と湧き上がる。

それでも、頑張って離れようとしていたときに、不意に焦ったようにクリスのほうから腕を離された。それだけではなく、クリスはアンジェラと触れたところにバイキンでもついたかのように、服をてのひらでパタパタと叩き始める。

——失礼ね！

その仕草に憤慨した。

もうクリスになんて、触れてやらない。手をつなぐかどうかでドキドキした自分がバカみたいだ。

アンジェラもお返しのために、これ見よがしにパタパタと服をてのひらで叩いた。それから、ふう、と大きく息をついた。

——幼稚なんだから……！

それからはクリスのほうを振り返ることなく、ずんずんと屋敷のほうまで先に立って歩く。

だから、その背後でクリスがどれだけ真っ赤な顔をしていたかなんて、知るよしもなかった。

——それでも、懲りなくて、しつこいのが私の性格よ！　だったら、クリスを胃袋で堕としてやるわ……！

アンジェラの攻略法は、まずは相手の好みを探り、その好みのタイプの女性を演じることだ。お近づきになったら、第二のステップに入る。攻略相手を褒めたり頼ったりして、彼との距離を詰める行為だ。

だが、そのあたりはどうやら失敗した気がする。

だから、アンジェラは別の方法を使うことにした。クリスはどうやら、食べものに大きな関心があるらしい。だから、胃袋で堕としてみたい。

幸い、クリスの好みはわかっていた。彼はスイーツが大好きだ。毎回、対岸の都市で作られたスイーツを運ばせて、それを食べるのを楽しみにしている。

——アイスクリームをまた作ってもいいけど、同じものばかりじゃ変化がないからね。

いろいろなものが作れるのだとクリスに見せつけて、すごいと言わせたい。

そんなふうに思いながら、アンジェラはキッチンで腕まくりをした。

すでに水は美味しくなっている。この美味しい水を使えば、スイーツも作り放題だ。ただ問題なのは、アンジェラにあまり調理経験がないことだった。

転生前もそうだし、転生後もそうだ。

——実験なら、わりと得意なんだけどね。要は計って混ぜて加熱するってことでしょ？　だったら、料理も化学実験も、大して変わらないんじゃない？

そんなふうに考えながら、アンジェラはまずはクッキーを作ることに決めた。

化学実験と違うのは、お菓子作りのほうがずっと量が多いことだ。何グラム、という量ではなく、百グラム単位で粉や砂糖を計って、混ぜていく。化学実験ではすぐにその変化がわかるのだが、お菓子作りのほうはなかなかその結果がわかりにくいのが問題だった。

——だから、加減がよくわからないのよね？　化学実験ならすぐに発火したりして、変化がわかりやすいんだけど。この生地は、どれだけ混ぜればいいの？

四苦八苦しながらねちゃねちゃの生地を作り、それを少し寝かしてから切り分けて、クッキーを焼くところまでたどり着いた。

ここのキッチンには、一通り調理器具がある。

だが、ガスオーブンや電気オーブンではなく、薪のオーブンというのがアンジェラにとっては難関だった。

何より火の扱いが大変なのだ。アンジェラのために、何でも言葉で伝えたらやってくれる使い魔を一体つけてもらっている。それに頼んで火をつけてもらい、その火をだんだんと大きくしてもらったのだが、一定の温度を保つのが難しい。

そのせいもあって、ちょくちょくオーブンをのぞいていたものの、途中までなかなか焼けなかったために、そのまま焼き続けてもらっている間に生焼けの生地は真っ黒になった。

「うーん……」

真っ黒な炭になったものが乗せられた鉄板を前に、アンジェラは低くうなる。

——失敗だわ……。

「何か、焦げた匂いがするが」

その最悪のタイミングで、クリスが顔を見せた。

「あっ、ちょっ、あっ」

焦った。

料理に失敗したところは見せたくはない。料理上手だと思われたい。だが、キッチンに焦げた匂いが充満している現状では、ごまかすのは困難だ。

開き直って、アンジェラは正直に鉄板の上の消し炭《ずみ》を見せた。

「失敗しちゃったわ。クッキーを作ろうと思ってたんだけど」

「クッキーなら、俺の使い魔が上手に作るが」

「今まで、クッキーを出してもらったことはなかったけど？」

「パサパサしたものは、苦手なんだ。だが、そなたが食べたいのなら」

そんなふうに言って、クリスは指をパチンと鳴らした。

クリスにとって、指を鳴らすのは省略した魔法の合図だ。すでに使い魔に何度かさせていることなら、詠唱を省略することができるらしい。

たちまち使い魔がキッチンにある材料を集め、クッキー生地を作り始めた。こんなことができるのなら、わざわざ自分で手間をかけて作ることはなかった。

「そなたには、アイスクリームを作って欲しい」

正直に、そんなふうに言われた。

「そうね」

アイスクリームなら、アンジェラでも上手に作れる。材料を混ぜて、揺らしながら冷やせばいいだけだ。クッキーなど作ろうとせずに、最初からアイスクリームを作っておけばよかった。

――だけどね！　私ができるところを見せておきたかったの……！

炭と化したクッキーが乗った鉄板を、アンジェラは片付けようと手を伸ばす。

そのとき、まだ冷めていなかったその表面に、不注意に指先が触れた。

「熱……っ！」

びくっと震えて、鉄板を取り落とす。分厚い鉄板が、床でぐあんぐあんと踊った。消し炭が四方に飛んでいる。

鉄板に触れた指先が痛かった。ひりつくのを感じながらまずは水で冷やそうとすると、クリスがそんなアンジェラの手首をつかんだ。

「火傷したか？」

「え、ええ」

「動かないで」

そんな言葉とともにクリスが目を閉じ、その傷口にそっと口づけた。その仕草に、ゾクッとする。

だがそれは性的なものではなく、純粋な癒やし行為だったらしい。クリスの唇が触れたところに金色の小さな粒子が集まり、皮膚にすうっと吸いこまれていく。

その光が完全に消えたときには、指先から痛みは消えていた。傷跡も残っていない。

「……すごいわ」

これは、癒やしの魔法、というものだろうか。

このようなものは転生前の世界にはまるでなかったから、アンジェラは素直に感心してしまう。これは、どういう仕組みなのだろうか。

「こんな小さな傷を、わざわざ治してくれなくてもいいのに」

「小さな傷であっても、それが元で亡くなるケースもある。以前、叔父が小さな傷が元で命を落とした」

――ああ。そうかもね……。

アンジェラはしみじみしてしまう。

小さな傷が元で命を落とした、というのは破傷風《はしょうふう》とかその類だろう。この世界では医学が発達していないから、そのような小さな傷が致命傷になることもある。

何よりクリスが、自分を治療してくれたのが嬉しかった。クリスにとって自分は、死んで欲しくない人間なのだ、と思えて。

アンジェラは何だか胸が、ふわっと温かくなるのを感じた。

——嬉しいわね。

気遣いが胸に染みる。クリスは自分の味方だと思えた。

ずっと気持ちを張って生きてきた。男爵令嬢という取るに足らない身分に生まれ、プリンスウェル王立学園では自分より上位の身分の人間に囲まれて、肩身を狭くして過ごした。

それでもいつか、自分をバカにした人たち全てを見返すんだと、精一杯肩肘を張って生きてきたのだ。

アンジェラにとって、周囲にいる人間はすべて敵だった。

この先、一人で生き抜こうと思っていただけに、クリスからの思わぬ『癒やし』を受けて、涙が滲《にじ》みそうになる。

アンジェラは慌てて、瞬きを繰り返して涙を封じこめた。

——バカね。これくらいで、懐柔《かいじゅう》されるんじゃないわよ。

それでも、クリスの心に触れてみたくなった。どんな人なのか、下心なしに知りたい。

前回、どうして攻略に失敗したのか、その理由もずっとわからないままだ。

自分がデータだけで生きてきたような感覚もある。もしかしたら、自分は攻略相手のことを人として見ていなかったのではないだろうか。情報を集めること、正しい選択肢を選ぶこと、彼の好みにふるまうこと、そんなことばかりに必死で、攻略相手を見ることはなかった。

地位と属性から導かれるデータしか、見ていなかった。

——そうよね。今となっては、彼がどんな人だったのか、……まるで思い出せないわ。

アンジェラは前回の攻略相手のことを、最後まで理解していなかったような気がする。おそらく、彼もアンジェラのことを理解することはなかっただろう。

——表面だけの付き合いだったの。だったら、私の失敗は、そこにあった？

自分が好きなことや、クリスが好きなことを考えてみる。

今、大切にしてもらって、とても嬉しかった。だから、これからも大切にしてもらいたい。そうしてもらうためには、アンジェラがまずクリスのことを大切に扱う必要があるのだろうか。

——大切にするって、どういうこと？

ふと、そんなこともわからなくなった。

アンジェラは乙女ゲームの攻略データに詳しかっただけで、実際の恋愛の経験はまるでなかったのだ。ここは心を開いて、クリスと理解しあうところから始めないといけないのかもしれない。

アンジェラは傷が消えた指先を、そっと握りこんだ。

「ありがとう」

こんなふうに、素直に人に礼を言ったのは、初めてのような気がする。

そのことに照れて笑うと、クリスもどこか照れくさそうに口元をほころばせた。


かつてはずっと屋敷にこもりきりだったクリスが、何かと島中を歩き回るようになったのは、アンジェラのことを思うとじっとしていられなかったからだ。

——何なんだ、あの女は……！

ずうずうしいかと思えば、しおらしい。

その変化に、クリスはやたらと翻弄されている。

アンジェラがクッキーを作ろうとしてオーブンの鉄板で火傷し、その傷を癒やしてやったときのことだ。アンジェラが浮かべた表情が、まぶたに灼きついて消えてくれない。

泣き出すかと思った。たかだか指先の小さな火傷を癒やしてやっただけなのに、いつも彼女が全身に張り巡らせている緊張が消えた。抱きしめたいぐらいに、そのときのアンジェラはか弱くて頼りなくみえた。

そのときのことを思い出すたびに、不思議なほどクリスの鼓動は乱れて収まらなくなる。あのとき、アンジェラの身体を強く抱きしめたかった。なのに、そうできなかった自分への未練が色濃く残っている。

——俺は、へたれだ。

それ以前に、アンジェラが手をつなごうとしたのも知っている。何度も露骨に手の甲を擦りつけてきたのだから、気づかないほうが不自然だ。あのときも手をつなぎたくておかしくなりそうだったのに、必死になってこらえた。

——何故なら、……あの女に籠絡《ろうらく》されたら、絶対にろくな結果にならないからだ。

そう思っているのに、やたらと気になる。何かとその姿が、白いほっそりとしたうなじが、横顔が、どこか照れたような笑顔が、目の前でチラチラとする。

——何なんだ……！　あの女は、俺の心まで操っているのか……？

強い魔力を持つクリス本人でも気づかぬうちに、恋の魔法がかけられたのだろうか。だが、クリスでも察知できないほどの魔法というのは、考えがたい。

だが、アンジェラが今まで見せた魔法は、クリスに全く魔法の痕跡を感じさせなかった。それを考慮したら、今回もクリス本人に気づかれないまま、密《ひそ》かに魔法を使っている可能性もある。

——だが、操られてたまるものか……！

そんな気概とともに、クリスはぎゅっと拳を握り、島の一番高いところに登った。

島は四方を海に囲まれている。その海の一点を見据えて、キリリと表情を引きしめた。

心のざわめきを落ち着かせるには、魔法の鍛錬がちょうどいい。

心が凪ぐのを待ってから、詠唱を始めた。

今日こそ、雷も竜巻も全て操れるようになりたい。その思いとともに、頭上に差し伸べた手に意識を集中させる。

吹きすさぶ風に髪をなびかせながら、頭上に黒雲を従えて、クリスは命じた。

「雷よ……！」

その声とともに、手を海上に振り下ろした。

同時に、大海原に白銀の稲妻が落ちる——はずだった。だが、目の前の海に変化はない。代わりに、視界の端がピカッと輝いたのに気づいて振り返ると、予期していない海域に、何本も派手に稲妻が落ちていた。

——そっちではない！　そっちではないのだ！

今回はあらためて、しっかりと雷のコントロール法を本で復習してきた。しっかりその通り詠唱し、意識も集中させたはずだ。

なのに、どうしてこんなことになるのか、まるで理解できない。

——まぁ、雷が雷のままだったのは、俺にしてはまだマシなほうか。

雷が竜巻になったり、雹が落ちてくる事態には至っていない。

雷の威力はクリスが鍛錬を始めてから、少しずつ大きくなっているように思えた。

だが、威力が強大であればあるほど、それがコントロールできなければ被害は大きくなるばかりだ。

――これでは、やはり王都に戻れない。

クリスは高台に立ちつくし、がっくりと肩を落とした。

人付き合いに疲れきり、逃げるようにこの島にやってきて二年だ。最初は誰にも気兼ねせずに生活できることに、喜びを感じた。だが、話し相手はもの言わぬ使い魔ばかりという環境に、少しずつ閉塞感を感じずにはいられなかった。

魔法を使えば、使い魔にしゃべらせることもできたはずだ。だが、それは独り言と何ら変わらない。そんな折に、アンジェラが現れたのだ。

――最初は、反射的に追い返してしまったけど。

アンジェラが、日ごとに綺麗に見えてくる。

白くてきめ細やかな肌をしていた。部屋が温かいときにはその肌が桜色に染まり、寒いとそこから血の気が引く。その白い頬を、てのひらで温めてあげたくなる。

大きくて綺麗な目をしているが、その眼差しは厳しくて、心の奥底まで暴かれそうな鋭さがあった。だけど、何かとその目と視線を合わせ、そのぞくぞくを味わわずにはいられなくなっていた。

彼女の姿がなければ、その姿を探さずにはいられない。

じっと見つめられると落ち着かなくなるのに、本当はずっと見ていて欲しいと願っている。

――こんなふうになるのも、……アンジェラ以外の人間と、顔を合わせてないからだ。

クリスはそんなふうに、自分に言い訳した。

人恋しさが極限に達したせいで、アンジェラが特別なものに思えているにすぎない。

王城に戻り、大勢の人と接するようになったら、この病も自然と収まるはずだ。だから、この病が致命傷になる前に城に戻りたい。なのに、このコントロールのなさでは戻れない。王都の厄災そのものになってしまう。

――どうしてなんだ！　ここに来て二年。決してサボっていたわけではない。ひたすら研究もしたし、鍛錬もしているのに。

稲妻を操る練習は今日のところは諦めて、次は竜巻を起こす練習をすることにした。その企《たくら》みはうまくいき、海水を巻き上げながら、海原に一本の竜巻が生まれる。

――おお……！

心の中で快哉《かいさい》を叫びながら、クリスはそれをゆっくりと動かそうとした。

「……あれ？」

だが、竜巻はまるで動かない。

さんざん試行錯誤するとようやく動き始めたのだが、クリスが動かそうとした方向とは反対側に動く。ならばとそれを利用して、意図しているのとは反対側を狙うことで狙った方向に動かそうとしたのだが、今度はそれすらもうまくいかなくなる。

「ああっ！　もう……！」

クリスは苛立って、海から竜巻を消した。

集中しすぎていたせいで息まで詰めていたのか、はぁ、はぁと乱れた呼吸が漏れる。

「なんで、こんな……」

てのひらを自分の額《ひたい》に押し当てて、嘆息するしかなかった。

いくら魔力が強くても、こんなふうにまるでコントロールできなかったら、宝の持ち腐れどころか厄災そのものだ。

魔力に加護されたレクタヴィア神聖加護国であっても、ここ百年ほどは王族に魔力のある子供は生まれていなかった。クリスが生まれたときには、その身に備えた甚大な魔力を城付きの魔術師が感じ取り、国中が喜びに沸いたらしい。

かつての魔術師たちが蓄えていった魔力のチャージによって、国のインフラ——道路の補修や、小麦をひく動力、水道などの設備——はまかなわれている。だがそれもあと数十年ほどで枯渇するそうだ。

このままクリスの魔力でチャージできなかったら、それらを魔力に頼らない動力に変えるしかない。すでにそれに備えてアングルテール王国と提携し、蒸気機関を導入すべきではないか、というところまで、話は進んでいるらしい。

——俺は……役立たずだ。

そんな話を聞くにつれ、クリスはいたたまれなくて王都を出てしまった。

社会インフラの根本を全て変更することになれば、財政的な負担も大きい。クリスの魔力の強大さから考えたら、あと百年ぐらいのチャージはできるそうだが、今のままではそのチャージもままならない。うまく出力を加減できないから、装置自体を壊してしまう。

「は……」

クリスは深いため息をついた。

強大な魔力を持つクリスに、国中が期待している。だが、クリスにはその期待に応える能力がない。

努力をすることなく、そんな結果になったのではない。人知れず、懸命に努力してきた。なのに、いまだに魔力は制御できない。クリスはそんな自分に失望している。

自分だけではなく、民や王城にいる人々が、自分に失望することを恐れている。

——だから、……逃げ出したんだ。全てから。

逃げても、どうにもならない。ただいたずらに、時はすぎる。

どうすれば魔力を操れるようになるのだろうか。今日こそはできるかもしれない、という期待を胸にやってきたのに、ぺしゃんこにされて落ちこむ。

——俺は、ダメなやつだ……。

その場から動けなくなっていると、どこかから自分を呼ぶ声が聞こえてきた。

どこから呼ばれているのかと、大きく視線を巡らす。それでも姿が見えなかったので、クリスは声が聞こえる方向に向かって歩き始めた。

クリスが魔法を試していた海域とは反対側の、岩が多いゴツゴツとした海岸で、アンジェラが大きく手を振っていた。自分を呼んでいるようだ。

——なんだ?

アンジェラと接すると心がざわつくから、あまり近づきたくなかった。なのに、いざその姿を視界に収め、呼ばれると、いそいそとそのそばまで行かずにいられない。

アンジェラとの間には、急峻《きゅうしゅん》な崖があった。そこまで徒歩で向かうには、かなりの大回りをしなければならない。だが、クリスはすぐにでもアンジェラのそばに行きたかったので、使い魔を使って自分を空中につり上げた。

そのままアンジェラの前まで、宙に浮く形で一気に移動する。

着地したのは、大きな岩の上だ。

普段は波が荒いところだが、今日は天候が良くて穏やかだ。遠くまで、よく見える。

アンジェラは少し離れた岩に腰掛けていた。ドレスを太腿の途中までまくりあげて、裸足《はだし》のつま先を海水につけている。

形のいい足がきわどい位置まで剥《む》き出しになっていたので、クリスはさりげなくその足から視線をそらした。

「どうかしたか？」

「ここからね、温泉が湧いているようなのよ」

アンジェラはつま先で海水を掻き回す。どうやら、そのあたりの海水が温かいらしい。

「だから、ここに海中温泉を作って、浸かりたいの。景色もすごくいいでしょ。このあたりの岩を、あなたの魔力でちょいちょいとどかしてもらって、いい感じに配置して、温泉を作ってもらいたいのよ」

「温泉？」

クリスにはこのようなところに温泉を作るという発想はなかった。

だが、アンジェラが詳しく説明してくれたので、どんなものが作りたいのか、なんとなく理解できた。

まずは海中から湯が沸き出すところを見つけ、そこを中心に邪魔になる岩をどかす。それから、その周囲を岩で囲む。次にその中の濁った海水をくみ出し、海水の流入を岩で防ぎつつ、海底から湧き上がる温かいお湯で中を満たす。浴槽の広さは、だいたい直径十メートル。

――こういうことだな？

アンジェラに指示された通りに、クリスは使い魔に岩を移動させた。クリスは気象を操る魔法は苦手だったが、このような魔法なら得意だ。

ほどなく、アンジェラが言っていたとおりの岩で囲まれた浴槽ができあがって、後はその中が温かい湯で満たされればいいだけの状態になった。

湯の温度を確認するために、クリスはブーツと靴下を脱ぎ、ズボンを膝の上までまくりあげた。それから、岩を配置したその中心まで進んでいく。

湯の深さは、今はふくらはぎの途中ぐらいだ。

「少し熱いか?」

アンジェラも同じようにその中心部に進み。足で直接温度を確かめていた。

「うーん? これくらいでいいんじゃない? 熱い分にはいいのよ。海水で調整できるし」

アンジェラはさらに浴槽の真ん中辺を、手で指さした。

「でね。この真ん中に、この平べったい岩を置いてくれる?」

「ああ」

うなずいたクリスは、使い魔を使って岩を移動させた。衝立《ついたて》を置かれたように、浴槽が二分される。

アンジェラのために使い魔を使って、タオルを取りに行くように命じた。それから岩に座って、綺麗な湯がたまるまで待っていた。

――いい天気だな。

空の青と、海の青。それを両方堪能できる絶好の位置に、海中温泉は作られていた。

ぼんやりしていたのは、まだ海中温泉が完成しておらず、湯の温度などでアンジェラから追加のオーダーがあったらそれに応じようとしていたからだ。

だが、湯がそこそこたまったところで、アンジェラが服を脱ごうとしているのに気づいて驚いた。クリスは慌てて立ち上がった。

「俺は、少し離れたところにいるから」

このまま屋敷に戻ってもいいが、アンジェラのことが心配だ。島には危険な動物はおらず、危険はないはずだが、アンジェラは無防備になるのだから、念のため見張りをしておきたい。

だが、離れようとするクリスをアンジェラが引き止めた。

「あなたも、ここに入るのよ？」

「え？」

「せっかく作ったんだから、一緒に入りましょ」

「だけど」

「何のためにあの岩を配置したと思うの？　お互いに見えないから、大丈夫よ」

そう言って、アンジェラが指し示したのは、先ほど配置した平らな岩だ。それが何のためのものだったのか、クリスはようやく理解した。互いに見えないようにするためだ。

——ああ……！

クリスが固まっている間に、アンジェラは岩陰で躊躇《ちゅうちょ》なく服を脱いでいく。それから使い魔が運んできたタオルを一枚、くるりと身体に巻きつけて、海中温泉の岩の縁《ふち》に屈《かが》みこんだ。

その手足の肌色が目の端に留まっただけで、クリスは落ち着かなくなる。

——一緒に、お風呂に入るだと……！

そんなのは、お断りだ。破廉恥《はれんち》だ。結婚前の男女がすることではない。

だが、たまらない誘惑でもあった。

ドッドッドッと、かつてなくクリスの胸の中で、激しく振動が鳴り響く。

一緒に入るなんてごめんだと、断りたい。そんなことは微塵も望んではいなかったし、したいと思ったこともない。早く屋敷に戻るべきだ。

——だが、……本当に望んではいないか？

クリスは自分に問いかけた。

たかだか、二人でお風呂に入るだけだ。アンジェラに触れることもないし、互いの姿を見ることもない。そこで何をしようというわけでもない。

その行為のどこが不埒だというのだ。ともに海に入るのと、何ら変わりはないはずだ。

——海中温泉というものにも、興味がある。

屋敷のバスタブとは違い、手足を大きく伸ばせる。空と海を同時に視界に収めながら、リラックスできるはずだ。さぞかし気持ちがいいことだろう。

それに、アンジェラが入ったあたりに、クリスの意識は向いていた。タオルを巻きつけていたから、性的なところはどこも見えない。なのに、アンジェラが立てる水音《みずおと》を、全神経で聞き取ろうとしている。

「クリス！」

そのとき、鋭く呼びかけられて、クリスは飛び上がった。

「は、は、……っな、……なんだ！」

「入ってきなさいよ。気持ちいいわよ！」

──そ、……そんなのは無理だ……！

誘惑は大きいが、実際に実行することはできない。

アンジェラと同じ風呂の湯に浸かるなどと考えただけで、頭が沸騰《ふっとう》する。

だが、そう思う一方で、そうしたくて喉がカラカラになり、クリスの手は勝手に肩からマントを外そうとしていた。

──ダメだ、……やめておけ。ここで踏みとどまれ、クリス……！

止める心とは裏腹に、クリスは一枚ずつ服を脱いでいた。上着を脱ぎ、シャツを脱ぎ、下穿きも下ろす。それらが風で飛ばされることがないように手近な石で重しをしてから、使い魔から渡されたタオルを腰のあたりに巻きつけた。

それから、アンジェラがいるあたりを死ぬほど意識しながら、衝立のような岩の向こうに回りこみ、つま先から入っていく。

「……う……っ」

ぶるっと震えが走った。

今までアンジェラのことを気にするあまりに感覚が飛んでいたが、身体がだいぶ冷えていたことに気づく。

湯につけたつま先から、湯のぬくもりが広がった。

全身を湯に浸《つ》からせると、じわじわとその熱が広がっていくのがたまらない。一瞬だけぞくっと鳥肌が立ったが、湯の中で身体が少しずつほぐれていく。

次に漏れたのは、安堵のため息だった。

それを聞きつけたのか、アンジェラが言ってくる。

「気持ちいいでしょ？」

「ああ。……これはすごくいい」

見上げると、空と海の青さが一度に目に飛びこんでくる開放感が抜群だった。湯温もちょうど良く、気持ち良さに目が閉じてしまう。

それでも、どうしてもアンジェラのことを意識していた。

アンジェラがどのあたりにいるのか、何をしているのか知りたくてたまらないが、自分から

は全く動くことができない。だからこそ、固まっていたのだったが、アンジェラは屈託なく話しかけてくる。

「すごく気持ちいいわね。お天気が良くて海が荒れてない日は、たまにここに浸かりに来てもいいかも。ここでも干潮《かんちょう》は一日二回、その時間は毎日五十分ずつ変化するの？」

「は？」

質問を投げかけられたのはわかったが、潮の満ち引きなどクリスはろくに意識したことはなかった。船で物資を運んでもらうときに、到着する時間が時期によってずれる。それは潮の満ち引きのせいだと、薄々察しているぐらいだ。

――アンジェラは、よく物を知っている。

逆に知らない自分を、クリスは恥じ入るしかなかった。

アンジェラといると、何かと自分の不完全さを思い知る。魔力をコントロールできないことや、彼女の前では感情を制御できないこと。

そんなことが深く心にのしかかってくるのと同時に、どこでも生き抜くことができそうなアンジェラの生命力に感心した。

――対岸で商売するなんて、俺には決してできないからな……。

そもそも何を売ったらいいのかすら、まるでわからない。そもそも自分が何かを商う姿など、想像もできない。

──だけど、アンジェラはそれができる。

空を見ながらぼうっとしていると、アンジェラの声が響いた。

「王城には、どんなお風呂があるの？　広いお風呂はある？」

クリスは自分の部屋のバスタブにしか、入ったことがなかった。他に大きなお風呂があったかよくわからなくて、しばらく考えていたために、返事が少し遅れた。

「どうだろう？　兵のための風呂や、使用人用の部屋で大きなものが、……あるとか、……ないとか？」

「広いお風呂はやっぱりいいわね。こんなふうに空と海を独り占めできる露天風呂は、きっとこの島ならではよ」

アンジェラが両手を上げて、開放感を味わっているようなそぶりをする。

「だけど、海水露天風呂の難点は、やっぱり入った後のべたつきね。熱い真水で洗い流せればいいんだけど」

そんなふうに言ったから、クリスは使い魔に命じて、大きめの木の桶《おけ》に湧き水を張ったものをこの風呂のそばまで運ばせることにした。

それが届いたのを待って、アンジェラに言ってみる。

「よければ、そこに真水の湯を張った桶を準備させたが」

アンジェラは使い魔がそのようなことをしていたとは気づかなかったらしく、振り返ってから歓声を上げた。

「タオルも新しいものを準備してある」

「クリス！　あなたって最高よね！　細かいところに気が利くわ！」

手放しで褒められて、クリスは照れたあまりに鼻のあたりまで湯に沈んだ。

中身のない褒め言葉はすぐに気づくのだが、今のは本気で褒められたような気がする。

『最高よね』という言葉が頭の中を何度も駆け巡り、その余韻に浸った。

「そろそろ上がるわね。とても気持ちがよかったわ！」

アンジェラがそう言って湯から上がり、ぬるま湯の湧き水で身体を洗い流している気配が、すぐそばからする。

アンジェラが着替え終わるまで、クリスは湯に浸かったまま、振り返らずにいた。

だんだんとクリスも、のぼせてきた。

——アンジェラは、……俺に、……気があるのだろうか。

彼女の言動の端々に、そのようなものを感じ取ることがある。

気のあるそぶりに、気のある目つき。

二年前までクリスは王城にいたから、舞踏会や夜会、晩餐会に出るたびに、女性たちからちやほやされることもあった。彼女たちの態度が不可解で不気味でもあったのだが、クリスは、不意に気づいたのだ。

彼女たちが欲しいのは、クリスという人間ではなく、その地位と立場なのだと。

彼女たちはクリスと結婚することで、自分が今後、手に入れることができる王妃の地位や、それに伴って手に入る物質的な豊かさばかりを考えている。

アンジェラからも、そんな気配を感じることがあった。

王太子だと伝えたときに、目が輝いた。西の大国では王族とも付き合いがあると言っていたが、本当だろうか。そこでも、王太子を狙っていたのか。それは、王妃になりたいからか。

――いずれ西の大国に、アンジェラの身分について照会すべきだな。

冬の間は西の大陸と東の大陸は、情報も物資も遮断《しゃだん》されている。魔力を使えば連絡は取れなくもないが、今はまだその必要はない。

――別に俺は、アンジェラが何であってもかまわない。万が一、……万が一だ！　アンジェラと正式に結婚したくなって両親と引き合わせるときに、身分の照会が必要となるだけで。

じわじわと、初めての恋心が育っているのをクリスは感じている。

それはあまずっぱくて、もろい感じのするものだった。まだ未発達だから、大切に育《はぐく》まなければならない。

積極的にアンジェラに近づこうとしないのは、こちらが気のあることを知られたら怖いからだ。手玉に取られて、初めての恋心をもてあそばれかねない。

それでも毎日がとてもワクワクして、ドキドキするのは悪いものではなかった。

次に食料の配達が届く日を、アンジェラはひどく楽しみにしていた。

何より新鮮な食べものが手に入る。それを運んできてくれた人とも話をして、情報収集をしておきたい。

対岸の都市のようすも聞きたかった。さりげなく仲良くなっておいて、クリスの許可がなくとも、船に乗せて運んでもらえるほどになっておきたい。

——そのために、干潮の時間についても確認しておきたかったのに。

アンジェラが眠っていたときに、二度目の船は上陸していたらしく、気づけば食料はキッチンに運びこまれていた。船はすでにこの島から離れたそうだ。

「あら？」

アンジェラがそのことに気づいたのは、朝起きて寝間着からドレスに着替え、朝食のテーブルについたときだった。新鮮な果物が、皿に盛られている。

クリスは朝寝坊に執着を見せていたわりには、ここでは暗くなれば眠るしかないからか、それなりに起きている。二人の朝食時間はだいたい一致していた。

「船、ついたの？」

「ああ。昨日の夜遅くな」

クリスは手紙のようなものに、視線を落としていた。それも船で一緒に運ばれてきたものだろう。

「言ってくれれば、手伝ったのに」

「必要ない。風や潮の関係で、船は夜遅くに到着したようだ。そんなときには、使い魔に手伝わせるから」

クリスは言いながらも、手紙に視線を落としたままだ。

彼の表情が硬く、やたらと沈みこんで見えるのが気になった。何か深刻な知らせでもあったのだろうか。

「どうかしたの？」

「城から呼び戻された。三日後に、また船がつく。それに乗って戻ってこい、だそうだ」

「三日後？　だけど、あなたが王都に戻ったら厄災が……」

「それでもかまわないぐらい、困った事態が起きているそうだ。それに、城にとどまるのは必要最低限の日数だ。すぐに王都からは離れることになるだろう」

「困った事態って、何なの？」

「それが……」

クリスは両手で頭を抱えた。

その表情がやたらと苦しそうに思えて、胸がキュンとした。

――彼の力になりたい。

何の見返りもなくこんなふうに思うなんて、アンジェラにとって初めての体験だった。それに、ここで自分が役立つところも見せたい。

浮き足立ちそうな気持ちを抑えながら、アンジェラはできるだけ冷静に言ってみた。

「どういうことなのか、話してみて」

「……そなたには、関係のない話だ」

そんなふうに言われたことに、イラッとした。クリスはアンジェラの力を軽んじているのだろうか。クッキーは失敗したが、その後、めだたないところで爆弾の製造は続けている。かなりの威力を持つ爆弾もできている。

「だったら、この屋敷を吹き飛ばしてみせましょうか」

半ば冗談でもなく不敵に言ってのけたが、クリスはその声にこもった本気を感じ取ったのか、小さく肩を震わせた。

それから、深いため息を漏らす。

「縁談だ」

その言葉に、アンジェラは全身から力が抜ける心地がした。

すごく深刻な顔をしていたから、レクタヴィア神聖加護国の存続があやぶまれるような事態でも起きたのかと思っていたからだ。

――それが、縁談……！

クリスは深刻な顔をしていたが、確かにこれはアンジェラにとっても深刻だ。クリスを攻略相手と定め、ちゃくちゃくと距離を詰めてきたつもりだ。

なのに、このような事態が起きるなんて。

「どなたと？」

「レクタヴィア神聖加護国の隣国、オルーア神殿領のエリザンナ王女だ。かねてより、両国は友好関係にある。いつかは俺とエリザンナ王女を、という話もあったのだが、ここにきて隣国で、困った問題が起きた」

「何なの？」

「ドラゴンだ」

――ドラゴン！

いきなり出てきた言葉に、アンジェラはまたしても衝撃を受けた。

アングルテール王国では、ドラゴンの話など全く聞いたことがなかった。そもそもこの世界に、ドラゴンが実在するとも知らなかった。

だが、クリスの表情が真剣なままなのを見れば、ドラゴンは実在するし、かなり深刻な脅威なのかもしれない。

クリスは身体の前で指と指を組み合わせて、そこにぎゅっと力をこめた。

「我が国と隣国との国境には、急峻な山脈がある。人が住むこともできない高い山の噴火口に、ドラゴンが住み着いている。普段はおとなしいのだが、何百年かごとに人里に下りてきて、悪さをすると聞いていた」

「悪さを？　――人を殺したりするの？」

「ああ。今現在、隣国の村付近に現れて、家畜や村人を食べたり、家々を焼いたりしているそうだ。そのドラゴンを退治するために、高名な魔術師である俺の力を貸して欲しい、という申し入れが隣国からあったそうだ。退治がかなったら、隣国の王は娘を俺に差し出し、新たに長い同盟関係を結びたいのだと。隣国のほうがうちよりずっと国力があるから、我が国としては願ったりかなったりだろうな。是非ともドラゴン退治を成功させて、この縁談を成立させたいようだ」

わかりやすい話ではある。

だが、そんな話が進んでしまったら、アンジェラの出番はない。それに、魔力をコントロールできない状態で、クリスはドラゴンを退治できるのだろうか。

「ドラゴンは、どれだけ強いの？　あなた、まだ魔法の制御ができていないわよね？」

その言葉に、クリスは苦笑いを浮かべた。

「何日かごとにドラゴンが村に現れ、人々を襲ったり、家を焼いたりしている最中だ。すでに隣国の軍隊や、近隣の魔術師がドラゴンを退治しようと赴《おもむ》いたが、ほぼ全滅したらしい。だから、俺に頼るしかなかったんだろう。我が父である国王も、さすがに二年も経っているから、いくらなんでもそろそろうまく魔力が制御できたのでは、と思っている。だから、戻ってこい、と」

　クリスは自分が劣等生なのを自覚したのか、静かに深く落ちこんでいた。

　いまだにクリスは、魔力のコントロールができていない。そのことをアンジェラは知っている。だが、その魔力は、アンジェラが知っているかぎり最強だ。

　強い威力を持つ雷をドラゴンに直撃させることさえできたならば、あっという間に黒焦げにできるだろう。

「行くの？」

「行くしかない。隣国といえども、民が苦しんでいるというのならば、そのままにしておけない。それにいつ、我が国のほうにドラゴンが飛来するかもわからない。縁談はともかく、ドラゴン退治には行く以外の選択肢はない」

　――だけど、魔力のコントロールができないから、ドラゴンと戦うにしても、まぐれあたりを狙うしかないってこと？

　クリスは絶え間なくため息をつきながら、立ち上がった。

「三日後に船が来る。それに乗って対岸に渡り、それから陸路で王都に向かう。そなたはどうする？」

そんな質問が投げかけられたことに、アンジェラは驚いた。

クリスにはこの後、ドラゴン退治、そして隣国の姫との縁談が待ち受けている。アンジェラにはここでクリス攻略を諦め、別の攻略相手を探す、という選択肢もあった。

これがゲームだったら、画面に文字が浮かび上がっているところだ。

『クリスと一緒に行きますか。行く／行かない』

ためらいは一瞬だった。

アンジェラは息を吸いこみ、きっぱりと言った、

「もちろん、行くわよ……！」

クリスが無事にドラゴンを倒せるか、不安になる。

このままなら、クリスが無事にドラゴン退治できる可能性は、限りなく低いからだ。

クリスはかき集めた魔道書で、ドラゴン退治について調べ始めていた。ドラゴンの習性、弱点など、倒す方法があるかを探しているらしい。

王族である責任から逃れようとしていたクリスに、アンジェラは偉そうに説教をした記憶があった。だが、あそこでクリスが臆していたのは、誰よりも強く王族の責任を自覚していたからなのだろう。

だからこそ、何もかも投げ出して気楽になりたいという思いも強かったのだ。

だけど、いざとなると投げ出さない。そんなクリスに、アンジェラは感心した。

自分もクリスの手助けがしたくて、じっくりと前世の記憶を探ってみる。

ここは、アンジェラが前世で攻略した乙女ゲーム『プリンスウェル王立学園～胸キュン・プリンス奪還』の世界だ。その分岐によって、展開は変わってくる。

だが、アンジェラが攻略したのは第一作だけで、二作目の記憶はまるっきりない。

――クリスは二作目の登場人物なのよね。

だから、そのクリスがどうしたら魔力を制御できるのか、その方法はまるでわからない。

しばらく考えこんだあげくに、ふとひらめいた。

――イザベラは？　イザベラだったら、前世の記憶を持っていたりしない？

イザベラは正ヒロインだったアンジェラを蹴落として、見事、王太子の婚約者として返り咲いた伯爵令嬢だ。あんな芸当ができたこと自体、限りなくあやしく思えてくる。

――イザベラの役割って、いわゆる悪役令嬢よね。

アンジェラの記憶が戻ったのは、難破したときだ。だが、それ以前にイザベラに前世の記憶があったとしたら、正ヒロインである自分が悪役令嬢に負けるのも納得できる。

――だって、悪役令嬢が破滅回避をする話は、前世にあふれていたもの。

だとしたら、イザベラはアンジェラと同じ転生者だ。ゲーム二作目の展開や、分岐を知っている可能性もある。クリスがドラゴン退治に成功する秘訣《ひけつ》も、うまく頼みこんだら教えてもらえるかもしれない。

——だけど、どうやって連絡を取れば？　あそこの道具を組み合わせれば無線機が作れるかもしれないけど、イザベラが受信機を持っていないかぎり、意味はない。

クリスなら、イザベラと連絡を取ることは可能だろうか。大きな気象魔法は使いこなせないが、クリスは巧みに魔法を使う。

だが、イザベラと連絡を取ることは、アンジェラにとって諸刃《もろは》の剣だった。下手をしたら、アンジェラがあの国で何をしたのか、クリスに知られかねない。すでに流刑人だと知られてはいるが、その理由をごまかしてきた。

——イザベラを娼館に売り飛ばしたことが知られたら。

きっと引かれる。二度と関係修復は望めないかもしれない。

——だけど、……このままではクリスは、ドラゴン退治で死んでしまうかもしれないわ。命を落とすまではいかなくとも、深いケガを負ったら。

そう思うと、いたたまれなくなる。落ち着かなくて、そわそわした。

こんなふうに他人のことが心配になって、不安になるのは初めてだ。

自分のその変化にいらつきもするが、三日後には迎えの船が来る。グスグスしている暇はなかった。

アンジェラは決意を固めて、クリスを探した。クリスは書斎にいた。そこで、ドラゴン退治について調べているようだ。

「お願いがあるの」

アンジェラはクリスの前で、ぎゅっと拳を握った。

「あなた、遠い国と――たとえば、アングルテール王国と連絡を取ることはできる？　どうしても、今すぐ、連絡を取りたい人がいるの」

「え？」

突拍子もないお願いに思えたらしく、クリスは驚いた顔をした。少しうつむいて考えこんでから、曖昧な顔でうなずいた。

「もしかしたら、できるかもしれない。急遽《きゅうきょ》、誰かと、連絡を取る必要が生じたのか？」

「そうよ。緊急の要件なの。今すぐに、つないで欲しいんだけど」

「そんなにも急なのか？　どうして？」

立て続けにクリスに聞かれる。アンジェラは自分の悪事がバレても仕方がないと、腹をくくることにした。

「もしかしたら、アングルテール王国の王太子の婚約者、イザベラ・グッドウエーズリー伯爵令嬢が、あなたの魔力を制御する方法を知っているかもしれないからよ」

嘘は言っていない。

イザベラが前世の記憶を持っていて、なおかつゲームの第二作目もプレイしているのだとしたら、クリスの攻略法を知っている可能性がある。クリスの魔力がこれほどまでに制御できないのだから、その制御法が攻略の肝となることも十分に考えられた。

だとしたら、プレイ中に魔力を制御する方法が出てくるはずだ。

クリスはひどく驚いた顔をした。

「イザベラ・グッドウエーズリー伯爵令嬢？　知らない人だ。どうして、彼女がそんなことを知っているんだ？　あらゆるツテは使い抜いたのに」

顔も知らない誰かが、自分がずっと探し求めていた情報を持っているということが、クリスにはにわかに信じられないのだろう。

アンジェラはたたみかけた。

「大魔術師の私を陥《おとしい》れて、流刑にすることができるほど、イザベラはこの世界のことを知っているの。私にも知らない情報を持っている可能性があるわ。あなたの魔力の制御法を知っているかもしれない。だから、お願い……！」

必死の思いが、クリスにも伝わったのだろう。

クリスはアンジェラを落ち着かせようとするかのように軽く手を上げてから、うなずいた。

「……わかった。アングルテール王国には、魔術師はほとんどいないと聞いていた。なのに、その情報だけはあるのだな」

クリスは使い魔に命じて、書斎の大きな机の上に平たい陶器の皿を運ばせた。それになみなみと水を張らせる。その水を指先につけて、陶器の皿を囲むように魔方陣を描いていく。

すでに指につけた水には魔力が秘められているらしく、水は表面張力で固まることなく、綺麗な線を描いた。そして、完成した直後に、魔方陣は青く光った。

陶器の皿を満たした透明な水は、すでに鏡のような鈍《にぶ》い銀色に変わっている。その変化を驚きながら眺めていると、クリスは顔を上げてアンジェラを呼んだ。

「イザベラ嬢から一番近い水に、この水鏡《みずかがみ》を現す。真名はその者を呼ぶ。イザベラ嬢の正式な名は何だ？」

「え？　ええと」

アンジェラは口ごもった。

アングルテール王国では家系の名やその両親の名がついて、かなり長ったらしい名前となる。イザベラの正式名称も、非常に長ったらしい名前だったはずだ。

――サミュエルのなら、どうにかわかるんだけど。

「完璧じゃないとダメ？」

「だいたいでもいい」

「だったら、……イザベラ・グスターヴ……なんとか、かんとか、オブ・グッドウエーズリーよ」

「心得た。――水鏡よ！　イザベラ・グスターヴ……ごにょ、……ごにょ、オブ・グッドウエーズリーとの水面をここに……！」

クリスはアンジェラがわからなかったところを上手に口の中でごまかして、水鏡の上に両手を翳した。

真名が伝えられなかったから、ちゃんとつながるか心配だったが、クリスの強大な魔力に任せるしかない。

詠唱が終わった途端、閃光が水鏡を中心に広がっていって、室内を白く染める。その後でクリスがアンジェラに場所を譲った。大きな皿をのぞきこむと、そこにイザベラの顔が映っていた。

ちょうど顔を洗おうとしていた最中らしい。イザベラは驚き顔で水面をのぞきこんで、固まっていた。

「彼女でいいか？」

「ええ。……すごいわ、クリス……！」

アンジェラは呆然とつぶやきながら、水面を凝視した。

イザベラは高慢な顔つきをしているが、とても美人だ。アンジェラが、かくありたいと願ったゴージャスさがある。髪の色は神秘的な銀色で、綺麗にくるくると巻いている。

アンジェラが知っていたときよりも、さらに綺麗になったような気がした。それは、王太子の婚約者として、何不自由のない生活を送っているからだろうか。

「イザベラ？」

呼びかけると、声も伝わるのか、水鏡越しに糸電話を通じたような声が響いた。

『アンジェラ？　アンジェラじゃない！　船が難破したって聞いたけど、生きていたの？』

アンジェラを乗せた流刑船が難破したという情報は、イザベラのところまで届いていたらしい。

クリスによけいな話を聞かれないように、アンジェラは慌てて顔を上げた。クリスに向けて、鋭く言い放つ。

「席を外して」

「え？」

「いいから、外して頂戴……！」

その剣幕に気圧されたように、クリスがうなずいた。急いで書斎を出ていく。こういうときの聞き分けがいいのが、クリスの良いところだ。

ドアが閉まったのを確認してから、アンジェラはあらためて水鏡をのぞきこんだ。クリスが使っていた椅子を引き寄せて、それに座って水鏡を眺める。

イザベラにとってのアンジェラは、自分を娼館に売り飛ばした憎い女だ。どれだけ恨みを買っていても不思議ではないし、協力などしてもらえなくて当然だ。

そう思っていたのだが、イザベラは屈託なく、水面に指先を伸ばしてつついてきた。

『アンジェラ？　本当にアンジェラなのね？　これ、どういう仕組み？』

つつかれるたびに、水面に輪状《りんじょう》の波紋が広がって、イザベラの姿が揺らぐ。

イザベラにしてみたら、いつも使っている洗顔用のたらいに、アンジェラの顔が突然映し出された状態なのだろう。

そのイザベラに向かって、アンジェラは身体の前で祈る形に指を組み合わせた。ぽろぽろと涙をこぼす。

こういう演技は得意だ。中身のない涙なら、いくらでも流すことができる。

「どうしてもね。あなたに聞きたいことがあって、高名な魔術師に連絡をつないでもらったの。流刑船が難破して、九死に一生を得た後で」

『そう。……残念だわ。助かったの』

その言葉に、アンジェラはドキッとした。

やっぱり死ねばよかったと、イザベラには思われているのかもしれない。だが、次の瞬間、イザベラはあっさり肩をすくめてみせた。

『流刑船が難破して、あなたもおそらく死んだ、と聞かされていたわ。最初は少しだけ、ざまあみろって思った。だけど、すぐに何だか嫌な気分になったの。ともあれ、生きていたのならよかった』

そんなふうに言われて、アンジェラは心臓をぎゅっとつかまれたような気がした。

あれだけのことをしたアンジェラをあっさり許すなんて、イザベラはどうかしてしまったのではないだろうか。

――だけどこのようすなら、情報をもらえる可能性もある。

そんなふうに判断したアンジェラは、涙を流す演技をしても無駄だと理解して、目元を拭った。それから、深呼吸をして言ってみる。

「難破したときに、私、前世の記憶を思い出したの。日本の、東京という都市に住んでいて、『プリンスウェル王立学園～胸キュン・プリンス奪還』という乙女ゲームをしていたわ。そのゲームの世界に、どうやら生まれ変わったらしいと気づいたの」

その途端、イザベラがハッと息を呑む気配が伝わってきた。

イザベラが転生者でなかったら、わけがわからない、といった反応をするはずだ。けれど、そうではないことに、アンジェラは一縷《いちる》の希望を抱く。

イザベラはどう反応しようかと一瞬だけ悩むように視線をさまよわせてから、共犯者のように微笑んだ。

『そう。あなたも、転生者だったの』

――やった……！

その反応に、アンジェラは密かに拳《こぶし》を握った。

世界で、たった一人だけの仲間を見つけたような気持ちになる。急に里心が湧いて、前世についての話がしてみたくなった。

だが、そのとき、水鏡の表面が大きく揺らいだ。イザベラの姿も、一瞬見えなくなる。すぐに元に戻ったが、不安定な通信環境なのかもしれない。だとしたら、できるだけ早く、肝心な内容について聞き出しておく必要があった。

アンジェラは水鏡のほうに乗り出した。

「どうしても今、聞きたいことがあるの。私、今、ゲーム二作目の、クリスを攻略しているところなんだけど」

『クリス……？』

「一作目では、ショップの、美形で声がいい魔術師として、出てきていたはずよ。彼はレクタヴィア神聖加護国の王太子で、力ある魔術師。二作目では攻略対象になる」

『ああ、あのクリスね』

納得したように、イザベラはうなずいた。

『「清き魔術師のクリス」』

「清き魔術師？」

それは聞いたことのない名称に思えて、アンジェラは驚いてイザベラを見た。駆け引きも何もなく、ただ自分が必死になっているのがわかる。この際、なりふり構ってはいられない。通信がつながっているうちに、聞くべきことを聞いておかなければならない。

『そうよ。覚えていない？　ゲームの第二作目からは、十八禁要素が加わるの。魔法属性キャラは、童貞のうちは「清き魔術師」なの。だけど攻略がうまく進んで、関係が結ばれると、彼らは『白き魔術師』になって、あらゆるステータスがアップするのよ』

イザベラはくすくすと笑って、続ける。

『「DTじゃないと魔法が使えないから、俺もずっとDTでいたいんですけど⁈」ってラノベが流行《はや》ってたでしょ。だけど、このゲームでは、童貞じゃなくなったほうが強くなるの』

「関係を結んだら、あらゆるステータスがアップする？」

アンジェラは信じられない思いで、その情報を確認した。それはトンデモ情報だが、納得できる部分はあった。乙女ゲームに十八禁要素が加わったのだから、それくらいのイベントがあっても不思議ではないのだ。

『さらに二度目に関係を結んだら、魔法属性キャラのあらゆるステータスはマックスまで跳ね上がるのよ。無敵になるの。スチル絵は、最初のと、二回目のと、あとハッピーエンド後の三回は入るわ』

凜とした高慢美人なイザベラの口から、そのような下世話な内容が綴られることに、アンジェラは目眩《めまい》を感じた。

――だけど、あり得そう……。

乙女ゲームに親しんできたアンジェラの心が、ソレだ！　と深く納得している。十八禁乙女ゲームにおいては、スチル絵は何より重宝される。

――それが正解だとしたら、この世界の住民であるクリスが必死になって魔力を安定させるための方法を調べたとしても、見つからないはずだわ。

「ありがとう、イザベラ」

アンジェラは心から感謝をこめてつぶやいた。

イザベラには、素晴らしく重要な情報をもらった。彼女を娼館に売り飛ばした仕返しとして、嘘の情報を流されている可能性もあるが、そのような悪意は不思議と感じられない。

何より乙女ゲーマーとしてのアンジェラの本能が、この情報は正しいと受け止めていた。

「そして、……本当にごめんなさい。あなたを陥れるようなことをして」

『いいのよ。私たちはある意味、ゲームに踊らされているんだわ。あなたは憎たらしかったけど、憎めなかったわ。だけど、お互い、どうにか生き抜きましょう……ね……』

イザベラの返答の途中から、水鏡の画面が大きく乱れた。

「あ、待って、イザベラ……！」

まだ何か、聞いておかなければならないことがあったような気がする。

だが、乱れきった水面はさらに乱れ、それが元に戻ったときにはその向こうにイザベラの姿はなかった。水鏡はただの透明な水に戻り、それを取り囲んだ魔方陣から放たれていた青い光も消えて、水がただ散らされているだけの状態になる。

通信が遮断《しゃだん》されたのを感じ取ったのか、クリスが部屋のドアをノックをして、それから遠慮がちに中をのぞいてきた。

「聞きたいことは聞けたか？」

「聞けたわ。あなた、すごい大魔術師ね」

本気で言うと、クリスはホッとしたのか、書斎の中に入りこんできた。

アンジェラはふう、と息をついてクリスを見上げた。

イザベラから聞いた内容が、頭の中をぐるぐると駆け巡っている。

――「清き魔術師」から「白き魔術師」へのジョブチェンジかぁ。だけど、……そのために、私がクリスと、……やるの？

そう思うと、緊張も半端ない。まだその覚悟ができなくて、アンジェラはしみじみとクリスを眺めてしまう。

清潔感のあるハンサムだ。いくらのし上がるためとはいえ、自分の好みでも何でもない相手と寝るのはアンジェラの流儀に反するし、生理的にも無理だ。

アンジェラが攻略するのは、自分好みの顔のいいキャラに限られていた。そういう意味では、クリスは十分に許容範囲だ。

――私、好みがうるさいの。

しかも、それなりに身持ちが堅い。アングルテール王国の王太子とは婚約寸前までいったものの、身体の関係は持っていない。彼から露骨に求められることはなかった上に、アンジェラのほうにもためらいがあったからだ。

――どうして、しなかったんだろ。

そんなことを、今さらになって考えてみる。

初めては特に好きな人とじゃなくてもいいはずだ。誰かと寝ることに、アンジェラはそこまで精神的なものを求めてはいない。

今まで誰とも関係を持たなかったのは、自分を安売りしたくなかったからに他ならない。

――だって私はいつか、王妃になる女だもの。

なのに、クリス相手なら初めてを捨てる気になっているのが不思議だった。この先、クリスを攻略できるという保証はない。クリスがドラゴン退治に成功したら、隣国の姫と結婚することになる。その可能性が高いというのに、自分はどうしてそんな中に割って入ろうとしているのか。

――いいえ。隣国の姫などにクリスは渡さないわ。攻略できる可能性があるかぎり、やり抜く。……だけど。

客観的に自分の言動を振り返ってみれば、すでに選択肢をいくつか間違えているような気がしてならないのだ。

素の自分を見せてしまった。クリスの好みは、静かで従順で、何も仕掛けてこない優しい人だそうだ。その好みと、アンジェラは正反対だ。

クリスとは限りなく素の部分で付き合っているから気楽だし、遠慮のない口もきける。

だが、その分、好感度やラブ度が高いかといえば。

――高くないわね……、たぶん。

そのことを、アンジェラはしみじみと実感せずにはいられない。

クリスが自分に、気のある態度を見せたことはなかったはずだ。せっかく海中温泉で『女』を意識させようとしたのに、彼はずっとそっぽを向いてばかりだった。

その分、海中温泉はめちゃめちゃ気持ち良かったからいいが、このままではクリスの攻略は絶望的だ。

――だからこその、起死回生の肉体関係じゃない？

そうも思うが、攻略に失敗したら無駄に初めてを捨てることになる。

ぐるぐる考えている姿が不審だったのか、クリスがひょいと無造作に、椅子に座るアンジェラの顔をのぞきこんできた。

「どうかしたか？」

吐息が頬にかかる。それだけで、やたらとクリスの肉体を意識してしまってゾクリとした。

クリスは、今までに会ったどんな男性よりも好ましい。それは確かだ。少し偏屈なところはあるものの、なんだかんだいって親切だし、可愛いし、すごい魔力も秘めている。彼に強く抱きしめられたときのドキドキを思い出すと、またそんな体験をしてみたいとも思う。

——だけど、どこまでできるの？　セックスは、ただ抱きあうだけとは違うのよ？

アンジェラはそれを確かめるために、そっと手を伸ばしてクリスの肩に触れた。どこまで彼と接触しても大丈夫なのか知りたかっただけだが、クリスの身体がピクンと大きく震えた。

「あ……」

振り払われると、反射的に思った。

だが、クリスはそうしようとはしなかった。

だから、アンジェラはその腕に力をこめて、椅子から立ち上がった。

ふわっと、クリスの身体からいい匂いが漂った。

香水などの匂いではない。クリスの匂いだ。ずっと嗅いでいたいほどに好ましい。

その匂いに包まれながら、アンジェラはクリスの顔をのぞきこみ、目を閉じた。

「イザベラに、あなたの魔力を制御する方法を聞いたわ」

「わかったのか？」

クリスの声が、一気に明るくなる。普段はツンツンしているくせに、心を許した相手にはあっさりと喜怒哀楽を見せる。

そんなクリスに次の情報を与えたら、どんな変化が生まれるのか、知りたくなった。

アンジェラは目を開いて、彼の顔を見据えた。

「わかったわ。あなたは今は『清き魔術師』なの。だけど、とあることをすれば、『白き魔術師』にジョブチェンジできる。そうなれば、魔力も制御できるようになるはずよ」

「とあること？」

考えこみながら、クリスが尋ねてくる。心あたりはなさそうだ。アンジェラはその顔を凝視しながら、爆弾を放ってみた。

「聞いたことない？　童貞の魔術師は、経験を積むことで、大人の魔術師になるんだって」

「え？」

すぐにはどういう意味なのかわからなかったらしいが、「童貞」と「大人」という言葉が理解する鍵となったのだろう。

クリスの顔が、じわじわと耳まで赤く染まっていく。その表情の変化を、アンジェラは興味深く見守った。

この世界にも、童貞と非童貞の魔術師の違いについて、何らかの言い伝えがあるのだろうか。

クリスは頭から否定することなく、動揺したかのようにアンジェラから離れて、書斎の中を歩き始めた。ぐるぐると円を描くように歩いてから、落ち着かないようすで窓際まで移動していく。

「そ、……そうか。まぁ一応、……そんな話は聞いたことはある。だけど、……それは、確かな話なのか」

この動揺しきった反応を見れば、クリスは童貞に違いない。そんなクリスを観察しながら、アンジェラは断言した。

「確かな話よ」

クリスはショックを受けたように立ちすくみ、また室内をうろつき始めた。そのまま、書斎から出てしまいそうにも見えたから、アンジェラはぴしゃりと引き止めた。

「どこにいくつもりなのよ？　話はまだ終わっては――」

「すまない。心を落ち着けたくて」

クリスは書斎の窓際にあったソファに、どさりと腰掛けた。

その目はアンジェラのほうを見ておらず、窓を通じて空のほうに向けられている。放心しているように見えた。

――何が、そんなにショックなの？

アンジェラにはその姿を眺めながら考える。

今のクリスがドラゴン退治をするためには、魔力を制御しなければならない。そのためには『白い魔術師』へのジョブチェンジが望まれる。

誰かと関係を結ばなければならない。その事実が、それほどまでにショックだったのだろうか。

——ずっと童貞でいたいってこと？　女性嫌い？

探るように見つめながら、アンジェラは問いかけた。

「で？　どうするつもりなの？」

船が着くのは三日後だ。あまり躊躇している暇はない。ここでクリスとするのもやぶさかではないとアンジェラは考えているのだが、当のクリスはアンジェラを相手にすることを、全く考慮に入れてはいないのだろうか。

「どうするって、……そんな……」

クリスは困惑したようすで、深いため息をついた。

「そもそも、誰に相手をしてもらうというんだ……」

彼はひどく落ちこんでいた。声はかすれて、空中に溶けこむ。

どうやら、そのあたりが問題だったらしい。

——私でしょ？

アンジェラは反射的にそう思ったのだが、クリスにとってはそうではないらしい。そのことが、アンジェラにとってはショックだった。

——私との恋愛ゲージは、そこまで上がってないってこと？

それも納得だ。そもそもの出会いが出会いだった。素のままのアンジェラはモテない。それは、リケジョとして生きていた前世の記憶からわかる。

ちゃんと攻略相手の傾向を把握し、個人に合わせた対策をして、計算ずくで演技しなければ、攻略することは不可能なのだ。なのに、クリスとは素のままで付き合ってしまった。

――そっか……。

アンジェラも力が抜けて、書斎の机の前の椅子に座りこんだ。机に肘をついて、天井を見上げる。ふーっと、深いため息をついた。

自分がダメなら、他人を探すべきだろう。そうしなければ、ドラゴンを倒せない。

「相手してくれる人の、アテはあるの？　宮廷にいる侍女などで、あなたに憧れていそうな娘はいる？　それとも隣国のお姫様が、この非常時につき、婚前交渉してくれる？」

声にすねたような響きがどうしても混じった。自分は対象外だとクリスに言われた気がして、気持ちが落ちこんでいる。

クリスの身体が、ますますソファに沈みこんだ。

「アテなんて、あるはずがない。こんな、……落ちこぼれの魔術師の相手など、誰がしてくれるというんだ」

クリスの自己評価が思っていた以上に低いことに、アンジェラは驚いた。

「あなたは落ちこぼれなんかじゃないわよ」

慰めるように言ってみる。それは、本心でもあった。

「まだ『清き魔術師』ってだけでしょ。『白き魔術師』になったら、魔法の制御もできるはずよ」

「だけど、落ちこぼれだから、そのジョブチェンジができない」

「卵が先か、鶏が先かって話をしてるんじゃないのよ」

アンジェラはぱたりと机に伏せた。

このままクリスに情報だけを与えて攻略を諦めるべきか、それとも強引にでもここで関係を結んで『白き魔術師』にジョブチェンジさせ、とことん攻略すべきか考える。

――ドラゴン退治をするためには、クリスは『白き魔術師』になっておいたほうがいいわ。誰が相手でもいいはずだけど、クリスはああ見えて優柔不断《ゆうじゅうふだん》だわ。特に女性に対しては奥手だから、王都でゴタゴタしている間に、誰とも関係を結ばずに、ドラゴン退治の場まで追いこまれそうな気もするわね。

今のままドラゴンと勝負をするのはマズい。ドラゴンがどれだけ強いのかは知らないが、クリスは大きな痛手を負う可能性がある。

クリスの身の安全を考えたら、ここで強引にでもジョブチェンジさせておいたほうがいいはずだ。

――だけど、私はここで捨てちゃって、大丈夫なの？

今まで守ってきたのだから、とっておきのときに捨てたい。

なのに、クリスを攻略できるという確信はまるでないのだ。むしろ、失敗したとしか思えずにいた。

それでも、アンジェラの身体には、クリスに強く抱きしめられたときの感触が残っていた。

それに、どうしてもクリスを見捨てられない。

──クリスと結ばれたら、……きっと、優しくしてもらえるんだろうな。

クリスが王都に戻るのは、民を守ることへのためらいがないからだ。彼の大切な人になれたら、きっと打算なしに守ってもらえるだろう。

クリスの元では、アンジェラでも不思議と安らぎを得ることができる。庇護《ひご》されているという感覚があった。

それに、アンジェラには下心もあった。

このままクリスが城に戻り、隣国の姫やその他の女性相手に初めての経験をしたら、今後、アンジェラの出る幕はない。すごすごとこの国から離れて、新たな攻略相手を探すところから始めなければならない。

──ここで関係を結んでおいたら、隣国の姫という強力なライバルが出たとしても、私の立場は安泰《あんたい》となるかもしれない。

それでも吹っ切れないのは、クリスの気持ちが見えないからだ。自分のことを、どう思っているのかわからない。それに、アンジェラ自身も、自分の気持ちに向き合えずにいた。

人を好きになるというのがどういうことなのか、アンジェラにはわからないままだ。恋愛感情など単なる自己催眠にすぎないという気持ちが心に刷りこまれていて、それが邪魔をする。

それでもクリスには好感を持っていた。抱きしめられたときのドキドキをもっと味わってみたい。

――これは、恋なの？

自問自答してみたが、答えは出ない。アンジェラは損得でしか物事を推《お》し量《はか》れない。ここでクリスと関係を持っておくのは損なのか得なのか。そのために、払うリスクは適切なものか。

それでも、アンジェラは不思議と踏み出していた。

「魔力を安定させるためには、私が必要だわ」

きっぱりと言い切る。

これでどんな反応をするのか、探ってみたい。

クリスは賢いから、どういう意味だか理解するだろう。

びくっとクリスの肩が震えたのがわかる。クリスはしばらく固まってから、おそるおそる問いかけてきた。

「……いいのか」

その声には、怯えと期待とがこめられていた。

その問いに答えるべく、アンジェラは立ち上がった。

クリスがいるソファへと歩いていく。

その気配を感じ取ったクリスは、警戒したように上体を起こした。肉体関係を結ぶというのは、女性だけではなく男性にとっても緊張することなのだと、その態度からアンジェラは感じ取る。

「キスしてみない？」

そんなふうに、アンジェラは提案してみた。

まずはキスからだ。

そうすれば、肉体の相性がある程度はわかる。キスで嫌悪感を抱くようなら、それ以上は無理だ。

アンジェラはクリスが座るソファに膝を乗せ、覆い被さるようにして上体を近づけた。

身体は嘘をつけないはずだ。クリスとキスをしたらどんな感じがするのか、アンジェラにはそんなことすらわからない。ただ、彼とキスをすると思っただけで、やたらと鼓動が鳴り響き、落ち着かなくなってくる。

――こんなのは、変。

目眩すらするのを感じながらも、アンジェラのほうからクリスに顔を近づけた。

だけど、確かめるまでもない。

唇が触れ合う前から、やたらと鼓動が高鳴って息をふさいだ。たかだか唇と唇を触れ合わせるだけなのに、こんなにも緊張するとは思わなかった。

あまりにも息苦しくなったので、一度顔を離して、深呼吸しようとした。どうしてここまで、クリスが相手だと特別な感じがするのだろうか。

――大事にされた。それだけよ。

船で対岸に行ったら今後の面倒を見なければならないと言われたり、指先のちょっとした火傷を癒《い》やしてもらったり。

それくらいは、クリスにとっては、あたりまえの親切にすぎないのかもしれない。

それでも、アンジェラにとっては嬉しかった。

止まってしまったアンジェラの代わりに、クリスは指でアンジェラのあごに触れた。それだけでびくりと身体が震え、アンジェラのほうから動くことができなくなる。クリスの指の動きを、全神経で追っていた。

あごを固定された後で、クリスの吐息が唇にかかる。

唇と唇が触れ合うのを予想して、その表面に全神経を向けたときだ。

「っわ……！」

クリスの高い鼻と、アンジェラの鼻がぶつかった。その衝撃に驚いて顔を背けようとすると、今度は歯がガチンとぶつかる。

「ぐ……！」

その痛みに互いに顔を背け、アンジェラは口元を手で覆った。じぃんと響く痛みが消えるまで、動けなくなる。すぐに痛みは消えたが、自分たちはキスを失敗したのだと思うと、そのショックに何だか笑えてきた。

キスのときには互いに少し顔を傾けておかないと、今みたいに鼻があたる。特に、クリスみたいに高く整った鼻梁を持つ人が相手のときには。

「ふふっ」

アンジェラが笑い声を漏らしたのに刺激されたように、クリスもくっくとうつむいて笑った。互いに途轍もない緊張があっただけに、その反動で笑いが止まらなくなる。

ひとしきり笑った後で、クリスはあらためてアンジェラの肩に腕を回して抱きこみ、額を寄せてねだってきた。

「もう一度、試してみてもいいか？」

一度失敗したことで、互いにだいぶリラックスできた。アンジェラを見つめる真摯な眼差しが、可愛くも色っぽいと思いながら、アンジェラも顔から笑みを消した。

「いいわよ」

今度は目を閉じて、キスされるのを待つことにする。

大仰にクリスが顔を傾けて、角度を調整している気配があった。そのことにふふっと笑い出しそうになったとき、唇に柔らかなものが触れた。

「……っ」

ぞくっと背筋が痺れ、その瞬間、余裕など全てなくなった。クリスの唇は柔らかく、独特の感触があった。何度もついばむように重ねられてくる唇の感触を味わうことだけに、全神経が集中していく。

ただ唇と唇が触れ合っているだけなのに、息もできない。唇から広がっていく甘いしびれが、背筋を震《ふる》わせていた。

「……ン……ッ」

小さく、アンジェラの唇から吐息が漏れた。

息ができないから、早く唇を離してくれないと苦しい。そんなふうに思っているのに、不思議なほど甘い感覚をもたらしてくれる唇をもっと味わいたいから、アンジェラのほうから唇を離せない。

鼻で呼吸をすればいいはずだが、そんなことも忘れてひたすら唇をむさぼっていた。

ついに限界が来て、息を吸うためにアンジェラは顔を背けた。

「……はぁ、……は、は……っ」

乱れきった息を整える。だけど、まだキスがしたい。ねだるようにクリスに視線を向けた。

誘うように開いていた唇の動きに何かを察知したのか、クリスの唇がまた重なってきた。今度は唇だけのキスで終わらず、口腔《こうこう》内に舌が入りこんでくる。

――ちょっ……！　舌……！

そんなキスまでするなんて、聞いていない。

焦った。口の中に入ってきた軟体動物のような舌をどう扱っていいのか、アンジェラにはわからなくなる。

ただその舌が好きなように動けるように力を抜いたとき、クリスの舌がざらりとアンジェラの歯列をなぞった。口腔内を味わうように動いていく。

その舌がもたらす初めての感触に、アンジェラはびくびくと震えた。

だけど、嫌な感じはない。味はしないが、極上の食べものを口移しで直接与えられているような感覚にもなる。自分もそれを積極的に味わってみたくて、おずおずと舌を動かしてみる。

舌と舌とが触れ合うたびに、やけにいやらしい感覚が下肢までじわりと広がった。

「ふ……」

ひどく長く感じられる時間がすぎた後で、クリスの唇が離れた。アンジェラは薄く目を開き、甘い吐息を漏《も》らした。

目がひどく潤《うる》んで、全身が熱くなっているのがわかる。全身から力が抜けていた。

――キス、……すごく良かった。

こんなにも悦いものだとは、思っていなかった。

うっとりとした感じが消えない。ただ唇と唇とを触れ合わせただけだ。なのに、気が遠くなるほど甘い感触が残っている。まだ口の中に違和感があった。またあの舌を味わいたいという

渇望に、身体が溶ける。

——クリスなら、大丈夫だわ。

生理的な嫌悪感はまるでなかった。彼となら、この先のこともできるかもしれない。初めての行為への期待と不安がふくれあがっていく中で、アンジェラはクリスの首の後ろに腕を回し、頭を抱きこんだ。

「私と、……してみる?」

クリスの耳元で、そう尋ねてみた。

クリスの表情は見えなかったが、その腕がアンジェラの腰に巻きつき、身体が密着するほど抱きしめられながら、尋ねられる。

「いいのか、君は。何が望みだ?」

肉欲に流されるのではなく、代償を確認されたことに驚いた。

そんなふうに言われると、ただでするのはもったいないような気分にもなる。

それに何の見返りもなく身体を差し出すのは、自分らしくなかった。

「ただではダメよ」

そこまで言ってから、自分が何が欲しいのか考える。

本当は、ただ欲望に流されてもいい。抱きしめられたいし、もっとキスもしたい。この先に何があるのか知りたい。

だけど、先々のことを考えるならば、確かな約束が欲しかった。

「婚約して」

王城に戻れば、クリスには縁談話が持ちかけられる。隣国の姫が、王城で待ち受けているかもしれない。

クリスはハッと息を呑んだ後で、アンジェラの腰に回った腕の力を緩めながら答えた。

「王族の一員が婚約をするためには、国王陛下の許可が必要だ。俺の一存では、婚約できない」

――そうよね。

そんなふうには思っていた。そのことをごまかすことなく、正直に伝えてくれるクリスは誠実だ。

アンジェラの脳裏に、かつてのことが蘇った。

攻略対象と婚約寸前までいった。だが、王の許可を得るその寸前に、何もかもが覆《くつがえ》った。

――あれから、あっという間に転落したのよね。

じめじめとした牢獄に押しこめられて、まともな食事も与えられず、衛生を保つことすら難しい日々が続いた。そのことを思い出しただけで、身体に震えが走る。二度とあんなことは体験したくない。

――次こそは、失敗しないわ。

心地よい空間に、身を置いて生きたい。ふかふかのベッドで眠りたいし、気持ちよくお風呂に入りたい。健康的で美味しい食事も楽しみたい。前世ではあたりまえのことだったが、この世界ではそれなりの身分がなければ、かなえられないことなのだ。

前回の体験は、アンジェラの中でトラウマと化していた。クリスのケースでも、王の許可を取る寸前で失敗するのではないかと思っただけで、震えがこみ上げてくる。

それでも動揺を抑えて、アンジェラは言い切った。

「婚約が無理なら、その代わりに何かの約束が欲しいわ。……今はまだ思いつかないけど、後で一つだけ、私の願いをかなえてもらえる？」

「そういうのは、……怖いな」

クリスは警戒するように表情を引きしめた。アンジェラはその端正な頬に手を沿えて、安心させるようにささやいた。

「大丈夫よ。あなたを困らせるようなことは言わないわ」

こんなとき、とっておきの甘い声が出るのが、自分でもびっくりだ。

それが逆にクリスを警戒させたらしいが、しばらくの沈黙の後でうなずかれた。

「ならば何か一つ、願いをかなえると約束しよう」

そんなふうに言ってくれるのが嬉しい。

今度はアンジェラのほうからキスをしてみる。

自分からキスするなんて、もちろん初めてだ。

だが、閉じたまぶたが何度も震えるほど、クリスとのキスは気持ちがよかった。

舌と舌とが触れ合う感触に、身体が甘く溶けていく。

時間も忘れて、キスを繰り返した。


その後で、アンジェラはクリスの寝室まで案内された。

考えてみれば、クリスの私室に入るのは初めてだ。いつもその姿は、居間や食堂、書斎にあった。

寝室は広く、天蓋付きのベッドは大きくて清潔感がある。

そのベッドに座ってクリスを見上げると、緊張した。だけど多くの女性がすることなのだから、アンジェラにもそのときが来たというだけだ。

――めちゃめちゃ緊張してるわ。私。

落ち着かない。ずっと息苦しいのは、深く呼吸ができていないからだろう。

クリスも落ち着かないようすだったが、意を決したようにベッドに膝をかけた。アンジェラを抱きかかえるようにしてその中央まで移動させると、肩をそっとつかんで組み敷いてくる。

まだ昼間だわ、と不意に思ったとき、クリスの唇が重なってきた。

「ツン……っ」

キスには、少しだけ慣れたはずだ。

だけど、舌と舌とがぬるっとこすれあう感じに弱くて、そのたびにびくびくと身体が震えてしまう。クリスはひどく興奮しているのか、最初は容赦なく体重をかけられた。

重いのに、その圧迫感は心地よくもあった。

途中で、不意に苦しさが軽減する。クリスが足を開いてアンジェラの身体を挟みこみ、体重を分散させたからだろう。

——配慮があるのね。

そのことをぼんやりと考えていると、上擦った声で尋ねられた。

「脱がしてもいいか？」

アンジェラはうなずいた。

そんなにも緊張しなくていいと伝えたいのだが、アンジェラのほうもクリスと同じくらい緊張している。下手に声を出したら、いつになく上擦った声になりそうだ。

クリスが時間をかけてアンジェラの服を脱がした。ドレス部分を脱がされ、その下に着用していた下着代わりの長衣のリボンを外されると、身体がズロース一枚で隠されたところ以外、ほぼ剥き出しになってしまう。

よけいな肉はないが、その分凹凸《おうとつ》には乏しい。

この身体が、クリスにどんなふうに思われるのか不安だった。だが、クリスはアンジェラの身体を見て、照れたようにすっと視線をそらした。

「綺麗だ」

その言葉にホッとした。そのとき、クリスの手が伸びてきて、そっと胸を包みこんだ。

「っ！」

直接、胸でクリスの手を感じることに、やたらと緊張する。感覚が過敏になっていた。鼓動が鳴り響いているが、この音はクリスにまで聞こえていないだろうか。

だけど、次の瞬間、ぞくっと走り抜けた甘い旋律に全てがかき消された。

「……っ！」

びくんと、大きく胸元が跳ね上がる。

乳首が他の部分よりも敏感なのは、今までも知っていた。だけど、そこを他人の手に刺激されることが、ここまで強烈な刺激を生み出すとは知らなかった。

ただ軽くなぞられただけなのに、そこからの快感が驚くほど全身に響く。クリスがそっと遠慮がちに胸を揉むだけでも、乳首とてのひらが擦れて、そのたびに広がる甘さに息を呑まずにはいられない。

「ど、……どうかしたか？」

クリスはアンジェラの反応の強さに驚いたのか、上擦った声で聞いてきた。

だが、すぐに自分のてのひらに触れる乳首の硬さを感じ取ったらしく、不意にその部分を指先でつまみあげた。

「きゃっ！」

それだけで強い刺激が駆け抜ける。さらに、その過敏な部分を指先でこりこりされたものだから、アンジェラはベッドの中でびくびくと跳ね上がるしかない。

「っう！　あ、……ダメ……よっ」

「何がダメ？」

からかうように、クリスが言った。いつもは生意気なアンジェラが、こんなふうに反応するのが楽しいのかもしれない。

さらに指を動かされ、小さな桜色の突起がクリスの指の間で形を次々と変えていく。

「っん！　……ん、ん……っ」

ぞく、ぞくっと甘い旋律が、そのたびに走り抜けた。そこを他人に刺激されることがたまらない快感であることを、アンジェラは初めて知った。

強すぎる刺激に混乱しながら涙目で見上げると、目が合ったクリスはさらにそこを指先でつまみ直しながら、軽く引っ張った。

「ここ、すごく感じるんだ？」

「んっ！　んんんン……そうよ、……そう……っ」

乳首を引っ張られるたびに今までとは違う刺激が駆け抜けて、アンジェラは声を殺す。

どうすればアンジェラが感じるのか調べるように、クリスは指の力を強くしたり弱くしたりして、反応を確かめてくる。乳首が絶え間なく刺激されることになるから、アンジェラはじっとしてはいられない。

気になるのは、触れられている部分だけではなく、反対側の乳首まで甘く疼《うず》いてくることだ。触られてもいないのに硬く凝って、ジンジンする。さらには、下着に隠された足の奥まで、じわじわと熱くなってきた。太腿を擦り合わせたいほど、うずうずする。

「君の、……こんなにも余裕のない顔を見るのは初めてだな」

そんなふうに言うクリスにも、余裕がないのを感じ取る。だけど、そのことを指摘するほど、アンジェラには余裕がない。

クリスの指先が、ずっと乳首をいじっていたからだ。乳首から刺激が広がるたびに、アンジェラは小さく声を漏らしたり、身体を反応させずにはいられなかった。

いくら深呼吸をして落ち着こうとしても、クリスが乳首をいじってくるから、かたときも落ち着くことができない。

――後で覚えておくといいわ……！

そんなふうに心の中で復讐を誓っていたとき、クリスの顔がアンジェラの胸元に埋まった。

――え？

何をされるのかと焦ったそのとき、柔らかな感触が今まで触れていなかったほうの乳首に触れた。そこは何も刺激されなくてもピンと固く尖っていて、初めての刺激にぞくっと痺れる。ぬるっとした感覚が走って、舐められたのだとわかる。続けて、乳首を口に含まれた、とわかった途端、びくんと背中がしなるぐらい感じた。

「っぁあ！」

指で触れられるのとは、まるで違った刺激だった。舌でその小さな突起を舐めしゃぶられ、ちゅっと吸われる。そのたびにじぃんとした甘い疼きが身体の芯まで走るから、それを散らすためにアンジェラは身じろぎせずにはいられない。

「はぁ、は、……っんぁ、あ……」

全身がひどく火照《ほて》り、やけに息が乱れた。

身体に触れられただけで、ここまで全身の感覚がかき乱されるとは思っていなかった。それでも、誰に触れられてもこうなるのではない、ということだけは、頭の片隅で理解していた。

——クリス、……だから……。

初めて気になった相手だからこそこんなにも意識してしまい、感覚が研ぎ澄まされている。

「……ん、……ん、ん……」

乳首を甘く転がすクリスの舌の動きを、気づけば全神経で追っていた。舌は乳首にまとわりつき、舐めとかそうとするかのように転がしてくる。

だが、不意にクリスに膝をつかまれて足を広げさせられ、意識をそちらにも向けずにはいられなかった。

アンジェラの太腿の内側をなぞりながら、クリスの手が足の付け根まで移動していく。だんだんとクリスの手がその中心部まで迫っていくことを意識して、息を呑まずにはいられなかった。

足をこれ以上大きく開くつもりはなかったのに。クリスに意外なほど抵抗できない。力を入れることができず、大きく足を開いてクリスの身体を挟みこまされていた。

その内側——ズロースのラインギリギリを、クリスの指がなぞる。その指の動きが、布地一枚に隠された中の粘膜まで疼かせた。

「っうぁ、そこ、……ダメ……っ」

「今日は、全部許してくれるんじゃなかったの？」

意外なほど強気で言い切られたように感じたのは、それだけアンジェラがいつもの落ち着きを失っていたからかもしれない。

すでにどうふるまっていいのかわからなくなっていた。こんなにも身体が熱くて、しかもどこに触れられても、やたらと感じるなんて思わなかったからだ。

「ここ、触れてもいいんだよね？」

クリスが下着の内側に、指をそっと入りこませた。

長いしっかりとした指先が、アンジェラの花弁の濡れた部分を縦になぞる。

ぞく、と強く走った甘い刺激に、アンジェラは大きく跳ね上がった。

「っきゃ！」

クリスを『清き魔術師』から『白き魔術師』にジョブチェンジさせる。それが今、アンジェラのなすべきことだ。

だが、そのための行為がここまで生々しく、自分から余裕を失わせるとは思っていなかった。

――ダメよ……！

これ以上触られるのは、いたたまれない。恥ずかしい。だが、拒むこともできない。クリスを立派にジョブチェンジさせたい。

諦めてぎゅっと目を閉じると、クリスが胸のふくらみに顔をすり寄せてきた。

「いいから、俺に全部、……任《まか》せて」

その、意外なほどしっかりとした言葉に、力が少しだけ抜けた。

クリスも初めてのはずだ。それでも、余裕を失ったアンジェラの代わりに、頑張ろうとしているらしい。

うなずいてぎゅっと目を閉じると、クリスの指がアンジェラのズロースを脱がせ、花弁を本格的になぶり始めた。

「っあっ！　あ、あ……っ！」

そこはひどく濡れていた。クリスの指をぬるぬるとすべらす蜜が、よけいに刺激を増幅させる。濡れるというのが感じている証拠だとは知っていたから、こんなにも濡れているのをクリスに知られるのがいたたまれない。

そこからの水音が、アンジェラの耳まで届いた。

「っぁ、あ、あ…ン、ン」

濡れた感触だけではなく、アンジェラの口から不覚にも漏れる声も、クリスをひどく興奮させているようだ。

やたらと顔面を見られているのがわかるが、アンジェラには表情をどうにかする余裕もなかった。ただ刺激に反応して、びくびくと震えている以外に何もできない。

濡れているせいか、クリスの指の感触をやけに生々しく感じていた。

「ン、……ん、ん……」

クリスの指の動きは、だんだんと大胆さを増していく。ただ縦に動いて、その花弁にたまった蜜を掻き出されるだけでも感じたのに、大きく動いた指が突起の上のほうまで伸びる。途端に、アンジェラは全身に響いた快感に、うめかずにはいられなかった。

「っんぁ、あ！」

触れられたのは陰核だと、アンジェラにはわかっていた。自分でもそこに触れたことがあったが、ここまでの刺激はなかったはずだ。だが、他人の指がもたらす刺激は腰砕けになるほどにすごくて、しかも予期できない。

「……あ」

あまりにアンジェラの反応が大きかったからか、怯えたようにクリスが動きを止めた。

アンジェラは薄く目を開いて、クリスを見た。ジンジンと、そこが疼いている。

「だいじょう……ぶ、よ。……ここが、……女の子の、……すごく、感じるところなの」

しゃべっているだけで、なおも身体が濡れていくのを感じる。クリスにもっとそこを刺激されたいと思っただけで、とろりと蜜があふれた。

「大丈夫？」

「ただ、ね。敏感だから、優しく触って」

「わかった」

クリスがうなずいた。

そこを慎重に指で開かれ、蜜を指にからめてそっと転がされる。ひどく遠慮がちな触れ方だったが、それだけでもアンジェラは気持ち良くなってしまう。

「っん！　……ん！　……ッン！　いいわ。……クリス……」

切れ切れに声が漏れた。そんなアンジェラの反応に安心したのか、クリスがもっと大胆に触れてくる。指先で、円を描《えが》くようにされる。

「ッン、……ん、ん……っ」

「気持ちいい?」

「……え、……ええ」

「よかった」

ほっとしたような声の響きが、優しいことにホッとする。

そんなクリスを、限りなく愛しく感じた。男はみんな狼だと思っていた。だけどクリスは自分の快感よりも、アンジェラの快感を優先してくれる。

王族や貴族の子息は甘やかされて育った傲慢なタイプも多く、どうしようもない人間も多かった。そんな中にあって、クリスの資質がかけがえのないものに思えてくる。

アンジェラは少しずつ身体の力を抜き、クリスが与えてくれる快感に没頭した。

「っは、……ん、……ん、ん……っぁあ、……は、は……」

心のどこかで、男の地位を利用してのし上がろうとする自分のずるさを感じていた。転生前は男性の力に頼ることなく、自立して生きていこうと考えていたはずだ。なのに、この世界では『女』を利用しなければのし上がれない。

陰核から指が離れた。

先ほどとは比較にならないほど濡れている花弁を、指先でなぞられた。そうされることがやたらと気持ちがいい。同時に胸に顔を埋められて、その頂点で尖っている乳首もついばまれる。

全身の感じるところから次々と流れこんでくる快感に、アンジェラは我を忘れた。頭がぼうっとする。

――これが、……セックスなの……。

まともな思考ができない。触れられているだけで全身が熱くなり、刺激に応じて勝手に手足が動いてしまう。大きく足を広げた格好が恥ずかしいし、プロポーションにも自信がないというのに、クリスに全てをさらしている。

さらにアンジェラを狼狽《ろうばい》させたのは、クリスの指が動くたびに下腹全体に広がっていく快感が、だんだんと濃厚になっていくことだ。

このままでは、イってしまうかもしれない。そんな姿を見せたくないのに、興奮は収まるどころか、ふくれあがっていくばかりだ。他人の指によってもたらされる刺激は強烈すぎて、制御できない。

「っあ、……っあ、あ……っ！」

何の前触れもなく、クリスの指が一本、体内にねじこまれた。もしかしたら、入れるつもりはなく、濡れすぎていたからすべってしまったのかもしれない。

だが、出し抜けにもたらされた強烈な刺激に、アンジェラは大きくのけぞった。その思いがけない刺激が、アンジェラを頂点まで押し上げた。

クリスの太くて長い指を体内でぎゅうぎゅうと締めつけながら、がくがくと腰を揺らして達していた。

「っあああ！　……あ！　……あ、あ……っ！」

身体が反《そ》り返るたびに、クリスの指が体内にあるのを感じ取る。それを感じることで、ますます興奮がつのり、刺激も増して、身体がピークから下がれなくなる。

それでもどうにか絶頂感が薄れていったので、アンジェラは少しずつ身体から力を抜くことができた。

クリスも締めつけが消えたのを察したのか、遠慮がちに指を抜いた。その指がもたらすぬっとした感触も、たまらない快感だった。

アンジェラは涙に濡れたまつげを押し上げる。

クリスが、どこか心配そうにアンジェラを見ていた。急に大きく反応したアンジェラに何が起きたのか、理解できないでいるらしい。

「気持ち、……よかったわ」

アンジェラは息を弾ませながら言った。今の現象を、彼に説明しておかなければならない。

「女の子でも、イクの。今のがそう…よ。男性が射精するのと、同じ感覚……かな」

「今……のが……」

クリスは目を丸くして、驚いたようにつぶやいた。

「そうか。女性でも」

自分がアンジェラをそこまで感じさせたのが、嬉しいのかもしれない。口元をほころばせて、どこか誇らしげな顔をするのが可愛い。

「次はどうすれば？」

そんなふうに尋ねられて、アンジェラは覚悟を決めた。

クリスとの身体の相性は良さそうだ。初めてなのに、こんなにも感じるとは思わなかった。すでにお互い、引けないところまで来ている。アンジェラのほうも、ここまで濡れていたら、負担は少ないだろう。

「次は、入れるのよ」

「……いいのか？」

クリスがゴクンと唾を呑んだ気配があった。

何を入れるのかぐらいは、心得ているようだ。

「いいわ」

とは言ったものの、アンジェラには不安があった。最初は痛いと聞いている。どれだけ、痛くてつらいだろうか。

いざ自分の体内に男性の身体の一部を受け入れるとなると、不安になってしまう。

――大丈夫？　避妊とか。

そのような言葉が頭をかすめたものの、避妊具の準備はない。いざとなったら、クリスに責任を取ってもらおうと決めた。攻略に失敗して正式な結婚はできなくなった場合でも、子供が不利な状況に陥らないように引き取ってもらったり、子供が大きくなるまで、愛人という形で面倒を見てもらうことはできるだろう。

クリスはツンツンしていても、情のある人間だとはわかっている。

——それでも、そんなことになったら他の男を攻略できなくなるから、私の人生は詰んだようなものよね。

いろんな思惑が頭を駆け巡るが、今はクリスをジョブチェンジさせることに全力を尽くすしかなかった。

だが、クリスが自分の服の前をくつろげて取り出したものをまともに見てしまったアンジェラは、ごくりと息を呑んだ。こんなものが、自分の中に入るだろうか。

——大丈夫？　ケガしない……？　痛い？　すごく痛い？

だが、そんなふうに考えたのはクリスも一緒だったらしい。アンジェラの表情に怯えが走ったのを見たのか、服の裾でそれを隠そうとする。

「やっぱり無理なら——」

「いいわよ」

アンジェラは覚悟を決めて言い切った。臆してはいるものの、もう腹を決めた。何でも受け入れてやろうという気分になっていた。

「大丈夫」

「だが、俺のは……普通よりも、……サイズが」

その自覚はあるようだ。やっぱり大きいんだ、と思うと、アンジェラの腰は引けそうになる。それでも、何もかも任せることにして、足を開いたままごろんと横になった。

「いいって。……いらっしゃい」

かすれた声で誘ってみると、クリスが意を決したようすでアンジェラの足を抱えこんだ。それを濡れた部分にあてがう気配がある。

「……っ」

ぬるっと、その先端がすべった。

ただなぞられるだけでもぞくぞくと快感が広がり、アンジェラは息を呑んだ。だが、挿入に怯えて、中がきゅっと締まる。

「……ッン、……は、は……」

あふれ出した蜜でクリスのものがたっぷり濡れていく。ついにアンジェラは焦れったさに耐えかねて、指先でクリスのものを入り口に導いた。

「このまま、……まっすぐ、……入れ…て……」

変なところに入れられたら困るから、最初だけは誘導しておきたい。

覚悟して大きく息を吐き出したとき、それに合わせてクリスが腰を突き出した。

「つぁ、ああ……っ！」

ぬぷっと、体内が押し開かれる。

入ってきた感じが、驚くほど鮮明に感じ取れた。

興奮しきったクリスに、強く膝をつかまれている。

クリスの先端は、完全にアンジェラの中に入りこんでいた。呼吸をするたびに、自分の体内をこじ開けるその形状が伝わってくる。

「だい……じょうぶ……？」

クリスが気遣うように言った。それに言葉で答えることすらうまくできなくて、アンジェラは無言でうなずいた。

どうしてうなずいてしまったのだろうと思ったのは、クリスのものが軽く引かれて、返す動きでより深くまでねじこまれてきたときだ。

「んあっ、……あ、あ……っ」

クリスの動きは止まらず、抜き差しを繰り返しながら少しずつアンジェラの深くに入り込もうとしてきた。このあたりは、本能的な動きなのだろう。

楔《くさび》型の先端が押しこまれるたびに、ちりっとした痛みが広がる。そのたびに必死になって息を吐いて力を抜こうとしたが、うまくいかない。

それでも、破瓜《はか》の痛みはその程度ですんだようだ。もっと圧倒的にアンジェラが感じ取ったのは、自分の体内に他人の一部があるという違和感と圧迫感のほうだった。

「っは、……っは、は、は……」

身体にだんだんと力がこもる。ガチガチに身体が強ばったのを知ったのか、クリスはそれ以上無理にねじこむのは止めて、アンジェラの顔をのぞきこんだ。

「痛い？　無理なら、抜こうか」

自分自身の欲望より、アンジェラのことを気遣った言葉に、ほだされそうになる。だけど、ここまできたのだから、最後までしてもらいたい。今みたいな中途半端な状態で終わらせてしまったら、果たしてクリスがジョブチェンジできるかどうか定かではない。

「いい、……だいじょ……ぶ、だから」

「だけど、痛いだろ」

ギチギチに締めつけたまま力が抜けない状態や、しかめられた表情から、クリスは無理にはできないらしい。

それでも、アンジェラは大きく息を吐き出して、クリスを誘った。

「いいから、……最後まで……っ」

問題なのは、痛みよりも違和感のほうだ。慣れたら、この違和感も落ち着くはずだ。

「だったら、無理に入れたくはないから、……このままで」

クリスはそんなふうに言って、アンジェラの胸に手を伸ばした。

「ツン」

仰向けになって少し平べったくなった双乳をそっと揉まれて、ぞくんと痺《しび》れが広がる。クリスの指はそのてっぺんにとどまり、アンジェラがひどく弱かった乳首をゆっくりと転がしてきた。

「あっ、そこ、……ダメぇ……っ」

こんな状態で乳首に触れられるのは、反則だ。やたらと感じた。連動して、ひくひくと中が震えてくる。それを感じ取ったのか、クリスは乳首から指を離さなくなる。

つまんだり、引っ張ったりされるから、それに合わせてアンジェラのほうから腰をせり上げるように動かしてしまった。

「っぁ、あああ……っ！」

その動きによって、クリスのものがぐぐっと奥のほうに移動してくる感覚があった。

なおもあやすように乳首をいじられていると、アンジェラのほうもその腰の動きを止められなくなる。一回腰を動かすたびに、ほんの指の関節一つ分に足りないぐらいしか入ってこない。それでも、どんどん深くなっていく感じはあった。

同時に乳首をいじられているためか、大きなものをくわえこまされているのも、そう悪くはないのではないかと思えてしまう。

クリスは少しずつ上体を前屈みにさせ、ついにアンジェラの乳首に唇を落とした。その感じやすい小さな部分を甘噛みされるのはたまらなく気持ちが良くて、そこへの愛撫をねだるように胸を突き出してしまう。乳首が気持ち良すぎて、本当にヤバい。

「……ぁ、……ぁ、あ……ン、ン……っ」

その間にも、クリスのものが少しずつ奥まで貫《つらぬ》いていくのだ。隙間なくみっしり詰めこまれ、その圧迫感がすごいのに、乳首をいじられて感じるたびに、きゅうきゅうと締めつけてしまう。

中の柔軟性が増している気がした。クリスのものと襞が擦れるのが気持ち良くて、腰の動きが止められない。

「入った」

最後に、クリスがそうささやいた。あらためて中に感覚を集中させると、ひどい圧迫感があった。苦しいのに、クリスの固い大きなもので内側から押し広げられている粘膜が、その熱に灼かれてむず痒《がゆ》く疼く。

自分からなおも腰を動かしてしまいそうな誘惑に駆られて、アンジェラはかすれた声でささやいた。

「動いても、……いいわ」

まどろっこしくアンジェラが腰を動かしているときと、クリスが動いたときとでは、衝撃はどれくらい違うのだろうか。

だが、想像するよりも先に、クリスが解き放たれたように動き始めた。

引き抜かれ、一気に押しこまれる。

刺激が強すぎて、それから逃げようとする腰にたたきこまれた。

「あっ、あ、あ」

強烈に中がえぐられたが、アンジェラの意識はそれに濃厚に混じってくる快感を追いかけていた。やはりかすかな痛みはあったものの、むしろそれがスパイスとなるくらいの甘ったるい快感のほうが圧倒的となっていく。

どんどん蜜があふれ出し、クリスの動きを助けた。ぬるぬると中がすべりを増していく中で悦楽に意識が染め変えられていく。

動きに合わせて、ベッドが軋《きし》んだ。

見上げたクリスの顔は快感に満ちていた。煙るように長いまつげが、快感に浮かされたように瞬きを繰り返す。こんなときのクリスはやけに綺麗で、何だかずっと見ていたくなった。彼を気持ち良くしているのが自分なのが、少し誇らしい。

クリスは顔を見られているのに気づいたらしく、アンジェラの手首をつかんで、頭上で一つに束ねた。そうして抵抗力を削《そ》いだ後で、腰をがんがん打ちこんでくる。

中にすごく感じるところがあって、そこをえぐられるたびにアンジェラがきゅっと締めつけることに気づいたようだ。

「ッン、……ッン、ン、ン……っ」

「胸……好き。可愛い」

動くたびに少し揺れる胸の形と大きさが、気にいったらしい。クリスはそう言って、アンジェラのふくらみに時折顔を寄せた。そのたびに頬が胸で擦れて、くわえられたり、歯で引っ張られたりするのが気持ち良すぎた。

「……あ、……っあ……」

腰を動かし続けられているうちに、クリスのものがますます悦楽をもたらすようになる。

特に感じるところに切っ先を擦りつけられると、気持ち良すぎてびくんと反応してしまう。

すると、その場所ばかりにクリスは切っ先を擦りつけるようになった。

「ここ、……いい？」

「ン。……ン、ン……すごくいい……。あなたも？」

「ああ。俺も」

「イって。……私の、……中で」

クリスを『白き魔術師』にしてあげたい。ここで失敗するわけにはいかない。

だが、口走った途端、中で出される感覚を身体が思い描いて、襞が収縮した。

「ダメだ、……本当に、……そう、……なる」

もはや制御が効かない状態になったのか、クリスはがむしゃらに腰を打ちつけてきた。

「っん！　……っあ、……あ、あ、あん、……っふ、……きゃ、……んんん……ッ」

一突きごとに息を呑むような快感が広がり、アンジェラのほうもイキそうになっている。

そのあげくにとどめを刺すように集中的に突き上げられ、何もかもがわからなくなった。

「……ひぁああ、……あ……あ……っ！」

がくがくと腰が揺れる。気持ち良さに、一瞬、失神したような感覚に陥った。

「ン！」

クリスもその締めつけに絶えきれなかったのか、動きを止めた。

深い部分で、出されたような気配がある。

アンジェラの身体は、それを受け止めて甘く痺れた。


――醜態を、……さらしてしまったわ……。

翌朝、アンジェラはベッドの前で丸くなって寝返りを打った。

もっと自分は、セックスのときに冷静にふるまえるタイプだと思っていた。だが、現実は想像とは全く違っていた。

身体の隅々までクリスに明け渡し、自分でも思い出したくないほどの甘い声をただ漏らしていただけだ。

やたらと感じてしまったし、感じすぎて何もできなかった。

だけど、そんなふうに自分を誰かに明け渡すのは、悪くはなかった。すごく気持ちが良かったし、経験値が上がった気がする。

――そういえば、クリスは。

ちゃんとジョブチェンジできたのだろうか。

それを探ろうとしたのだが、すでにクリスの姿は寝室内にもなかった。始めたのが昼間だったからか、まだ陽は暮れていない。

――今、何時よ？

まだ足の間に何かがあるような感覚を覚えながら、アンジェラはベッドの中で起き上がった。

一度、お風呂に入りたい。そう思いながらも、ガウンを羽織る。

クリスがどこに行ったのか気になって、二階の窓から外を見たときだ。外で大きな落雷の音が響き渡った。

――え？

少し前までは明るかったはずだ。だが、アンジェラがガウンを着て窓際まで移動する間に、空がにわかにかき曇り、暗雲に覆われていた。

空を見上げた瞬間、稲光が走るのが見えた。

――きゃ……っ！

直後に、落雷の音が響く。かなり近い。地響きが伝わるほどの距離だ。

視線を巡らすと、門のすぐ外側にクリスが立っているのが見えた。強い風にマントをはためかせながら、クリスが手を海のほうに向けて振り下ろす。その途端、クリスが指し示した海上に稲妻が走った。その光に、クリスの身体が銀色に浮かび上がる。

一度きりではない。

クリスが次々と指し示したところに、次々と雷は落ちた。そのたびに全身に響くほどの落雷の音がするのに硬直しながらも、アンジェラは魅せられたようにクリスの姿を見続けていた。

さらにクリスが両手を頭上で交差させると、その頭上に大きな竜巻ができた。それをクリスは海上に移動させていく。

それを見て、アンジェラは感嘆の息をついた。

――すごいじゃない、クリス……！

今までもクリスが気象魔法を使うのを見てきた。それらはクリスに操《あやつ》ることはできず、危険極まりない代物だった。

だが、今はそうではない。ようやく、見事に使いこなせるようになったのだ。

ふと、クリスが屋敷のほうを見たような気がして、アンジェラは窓から大きく手を振った。

すると、クリスが軽く手招きをする。その直後、アンジェラがいた部屋の窓が大きく外側に開いて、身体がふわりと浮き上がった。

――え？　……え、え……？

そのまま、アンジェラは空を飛ぶ。その最中、乱れたガウンの裾を押さえるのに必死だった。

だが、ほどなくアンジェラの足は門の外の地面についた。目の前に、クリスがいた。

アンジェラは感動のまま、その身体に抱きついた。

「おめでとう、クリス！　ようやく、気象魔法が操れるようになったのね……！」

回した腕に、ぎゅううっと力をこめた。

鮮明になったクリスの身体の感触から、先ほどまでのことを思い出した。アンジェラと関係したために、『白き魔術師』にジョブチェンジした結果ではないだろうか。

クリスも嬉しくてたまらないらしく、アンジェラの背に腕を回して、抱き寄せてきた。

「ありがとう。ようやく、これで王都に帰れる」

——王都……！

その言葉に、アンジェラは胸が痺《しび》れるのを感じた。ずっと、行きたかったところだ。どれだけ宮廷は華やかで、大勢の人々で賑わっているのだろうか。まばゆいシャンデリアに、美しいドレスで着飾った淑女。アンジェラに一番ふさわしい場所。

だが、気持ちを引きしめなければならない。

今まではクリスと二人きりだったが、これからは恋のライバルが出現するからだ。

クリスは王太子だ。身分差があるから、今までのように気安く接することはできなくなるかもしれない。

——だけど、大丈夫よ。クリスとは、深い絆《きずな》を結んだもの。

こんなふうに、隙間なく抱き合うほどの。

単なる肉体だけの関係では終わらない。何だか、身体の一部をクリスと共有できたような、不思議な感覚があった。

アンジェラはクリスにしがみついたまま、その顔をのぞきこんだ。

「ジョブチェンジできた感覚はある？」

「ああ」

クリスは満足気にうなずいた。顔立ち自体は変わらないのに、その表情からはかってないほどの自信がみなぎっているように思えた。そのために、男前度も何割か増して感じられた。

「あの直後から、身体中に魔力がみなぎる感覚があった。魔法を使うときにも、やすやすと使いこなせている感触がある。ありがとう。全て、そなたのおかげだ」

クリスがアンジェラの身体を丁寧に引き離してから、海のほうに向けてまっすぐに手を伸ばした。軽く指をパチンとさせる。

その途端、クリスの指先から五メートルほど真横に火柱《ひばしら》が走った。

それを見て、アンジェラは目を見開く。

今までクリスが出していたのは、赤い炎だった。だが、今のこの火柱は、青から青緑の明い炎が中心だ。その色から、千八百度程度の高温の炎だと見てとれた。

「コントロールができるようになっただけではなく、パワーアップもしている気がする」

クリスの言葉に、アンジェラは力強くうなずいた。

「明らかに、パワーアップしてるわね。可視光では、紫、青、緑、黄色、橙《だいだい》、赤の順に、エネルギーが高くなるのよ」

根拠を述べながらうなずくと、クリスはその指先からほとばしる炎を消した。すでに竜巻も消されており、空に渦巻いていた黒雲も霧散《むさん》している。

明るさが戻ってきていた。そろそろ夕暮れだ。

「身体は大丈夫か？」

ふとそんなふうに尋ねられた。

アンジェラを歩かせるのではなくここまで空中を飛ぶ形で移動させたのは、そんな配慮があったからだと、ようやく気づいた。

正直言えば、全く大丈夫というわけではない。まだ足の間に違和感があったし、歩けば少し痛いかもしれない。

「大丈夫よ。だいたいは」

「癒やしの力も大幅に増しているはずなんだが、俺の場合は直接、患部に触れないと」

少しいたずらっぽく、どうするかと選択を委《ゆだ》ねるように尋ねられる。

今までは少しツンツンしたところと、繊細さが混じり合っているような表情をしていたが、今のクリスは自信にあふれて見えた。

「え？」

アンジェラはその言葉の意味を考えた。

一番ズキズキしているのは身体の内側だ。そこにクリスに触れられることを思い描いただけで、ぞくんと甘い刺激が走る。

嫌な経験ではなかったが、少し間を置きたい。そんなふうに考えたからこそ、アンジェラはすくみあがって辞退した。

「だったら、大丈夫よ！　何でもないわ」

「本当に大丈夫？」

残念そうな顔をしながら、クリスが顔をすぐそばまで寄せてくる。

大魔術師となった自信が、やはりその全身からあふれていた。表情からは、大人の余裕さえ感じられる。

その余裕のせいなのか、もともと整っていた顔にしたたるような色香が加わり、見とれてしまいそうな端整さが際だつ。

そんなクリスの変化に、アンジェラはドキドキとした。

——キラキラ度も、素敵度も、格段にパワーアップしたわね……！

本人にどこまでの自覚があるのかわからないが、見慣れたアンジェラでさえときめかせるほどの色香だ。

こんなにも素敵になったクリスが城に凱旋《がいせん》したら、隣国の姫も、王城でクリスの帰りを待っていた高位の貴族の令嬢たちも浮き足立つことだろう。クリス争奪戦が激しさを増す。

——そんな中でも、私が一歩リードしてるはずなんだけど。

何せ、身体の関係まで結んだのだ。こんなに素敵になったクリスを見たら、やってよかったとホッとできる。

だけど、それがどこまで有効なのか、いささか不安でもあった。

自分にできるだけクリスを惹きつけておきたい。そのために、アンジェラはクリスに顔を近づけた。

「あまり痛くはないわ。……あなたはとても、優しくしてくれたから」

そんな言葉に、クリスは照れたように長いまつげを伏せた。

「そうかな」

魔力が増しても、繊細なところは残っているらしい。そんなところが可愛くて、笑ってしまう。

アンジェラはクリスの唇に、そっと唇を押しつけた。

これで、攻略はうまくいったのではないだろうか。出会いこそ失敗したが、起死回生の大技として、クリスをジョブチェンジさせるという重要な役割を果たせた。

——だけど、これからが本番よ。ライバルが出現する！　要注意なのは、隣国の姫……！

彼女に、クリスをかっさらわれるわけにはいかない。

ここで、素敵なトゥルーエンドを迎えられるかどうかに、アンジェラの将来はかかっている。

——あなたは私のもの。誰にも渡さないわ。

アンジェラはクリスの腕に腕を巻きつける。

来るべき試練がどんなものであろうとも、どうにか競り勝つつもりだった。

第四章

予告通り、手紙が届いてから三日後に、アンジェラはクリスとともに、迎えの船に乗って対岸のルムスエへと渡った。

それから、陸路で急ぎ、王城へと向かう。

馬車の中で、王城ではどんな身分で皆に紹介しようかと、クリスに相談された。

――そうね。……どうすればいいかしら。

アンジェラはアングルテール王国では男爵令嬢だったが、流刑になったことで身分を剥奪されている。

それに、いくら罪が免除されたといっても、流刑になるような女と王太子が結婚することを、宮廷の人々が認めるとは思えなかった。だから、身分を隠すしかない。

まずは『無人島で出会った魔術師』――つまりはクリス付きの助手として、王城に上がるということで話がついた。

馬車の窓から見えるレクタヴィア神聖加護国の各都市は、アングルテールの都市ともまた違っている。白く輝く美しい町並みや都市を囲む壁には、この国の名産である大理石を多く使っているらしい。

車窓から見える街や風景について、クリスはいろいろ教えてくれた。

レクタヴィア神聖加護国の主な産業は、農業だそうだ。その言葉の通り、秋を迎えて豊かな実りが大地に広がっているのが見える。

ここ百年は大魔術師が現れなかったが、それでも備蓄した魔力を使って、気象を安定させているそうだ。おかげで危機的な日照りや気温の乱高下もなく、竜巻被害も最低限で抑えられているらしい。

――なるほどね。

農業国と聞いたことで、どうしてクリスが気象魔法を使うことにあれほどまでにこだわっていたのかがわかった。あれは攻撃魔法ではなく、国にとって大切な守護魔法なのだ。

豊かに広がる畑と果樹園。そして、魔法で制御されている水路や水車。何だかとても平和な眺めだった。実りの季節を迎えて、人々はとても忙しくしている。

それでも、王家の馬車を見ると、敬意を示してくれた。

東の大陸にはレクタヴィア神聖加護国以外に六つの国があるが、それぞれの国は独立していて、あまり交流はないそうだ。ただ、何かあったときには助け合う。特に、東の大陸で『厄災』の代名詞とされるドラゴンが暴れ出したようなときには。

馬車は予定通り、ルムスエを発《た》って六日目に王都に到着した。

アンジェラはワクワクしながら、王都をぐるりと取り囲む市壁が近づいてくるのを車窓から眺めた。

想像していた以上に、王都は巨大で立派だ。そこを囲む高くて分厚い壁の眺めに、アンジェラは圧倒された。壁はひどく高く、白い石でできている。遠目にもキラキラと輝いてみえた。

「すごい壁ね」

感心してつぶやくと、クリスも同意してうなずいた。

「四代前の、大魔術師であるマンフレート王が作った王都壁《おうとへき》だ。ひどく魔力が強くて、この壁を三日で作ったとか。そのマンフレート王がドラゴンを倒して以来、ドラゴンの出現は無かったそうだ」

「これを三日で！」

アンジェラはため息をつく。魔力を使えば建築費が大幅に抑えられそうな気がしてくる。

「大昔から、ドラゴンはこの大陸にいるの？」

「ああ。普段は急峻な山の頂《いただき》に住み、その麓《ふもと》の村々に被害を及ぼすことはない。だが、何百年かに一度、悪さをする。死に近づいたドラゴンが新たなドラゴンに生まれ代わる際に、おかしくなって暴れるのだと言われている」

「もしも、ドラゴンが退治できなかったら、どうなるの？」

「九千九百九十九人の人が死んだら、ドラゴンはおとなしくなるという言い伝えがあるな」

「九千九百九十九人」

その数に、アンジェラはごくりと唾《つば》を呑んだ。

戦争が起きればそれくらいの規模の犠牲者が出ることもあるだろうが、平時にそれだけの死者が出るとしたら、とんでもない厄災だ。

「我が国でも、他の東の大陸の諸国でも、だんだんと力の強い魔術師は生まれなくなっている。だから、今のようなタイミングでドラゴンが暴れ出したらマズい、と言われていたんだが」

「ちょうどあなたがいたときで、良かったじゃない」

あれほどまでにやすやすと、クリスは天候を操れるようになった。ドラゴンなど楽勝だろう。

そう思っていたのだが、クリスの表情が優れないのが気になった。

――久しぶりの王城で緊張しているの？　それとも、縁談のせい？

アンジェラはそんなふうに推測した。

無人島で人に会わずに暮らすのが気楽だ、と言っていたクリスだ。広く浅くはあまり得意ではないのだろう。

クリスのことがわかってきた今なら、少しはその気持ちもわかる。

――正直で、面倒見のいい人なのよね。心にもないお世辞を言うのも、政治的な駆け引きも苦手。

嘘《うそ》を真実だと偽ったり、相手を騙《だま》して陥れたり、といったことが苦手な、まっすぐな性格なのだ。

人間としては良い資質だが、王として考えた場合には、プラスなのかマイナスなのか。

――それは全部、宮廷の雰囲気にもよるわよね。

そんなことを考えている間に、馬車は王都の門を抜けて、市街地へと入っていった。

外敵からの攻撃を防ぐためか、道はくねくねと曲がりくねっていたが、広い石畳の路面は綺麗に舗装され、道に沿って並ぶ家々からは、人々の豊かな暮らしがうかがえた。

何よりアンジェラが感心したのは、王都の中心部を流れる川を馬車で渡ったときだ。護岸された川の水が、綺麗に透き通っていたことだ。

――綺麗な川だわ。この川の水を見れば、都市の衛生度がわかる。

蒸気機関が導入されていないから、煤煙《ばいえん》で空が曇ることはなく、排水が濁ることもないのだろう。近代化は公害とも密接に関わっている。

馬車は農作物や商品の売買が活発に行われている市のエリアを抜け、ほどなく貴族の屋敷が建ち並ぶ通りへと入っていった。

それらの屋敷も立派な建物で、庭の手入れがされているのがわかる。

――豊かな国なのね。レクタヴィア神聖加護国は。

なかなか住みやすそうな国だ。

それなりに商業も発達しているようだから、あの市のエリアに露店を出させてもらったら、無人島で材料を集めた蓄光アクセサリーも売れるかもしれない。

急いでここまでやってきたから、アクセサリーの材料はそのまま馬車に積んであった。何かあったときのために、爆弾も持ってきている。

――楽しみだわ……！

アンジェラはワクワクしてきた。

熱心に窓の外に目を凝らしていると、クリスが憂鬱《ゆううつ》そうに頬杖をつきながら言った。

「楽しそうだね。どこででも生きていけそうだ」

「そうね。どこででも、生きていく気概はあるわ」

馬車が貴族のお屋敷街を抜けたとき、立派な王城がその先に見えた。アンジェラは目を見張る。他の貴族の建物とは比較にならないぐらい、規模が大きい。

物語の中に出てくるような、華麗な白亜の城だ。

「あのお城も、四代前の王様が作られたの？」

馬車の窓から乗り出すようにして、アンジェラは王城を見つめた。ここの王都壁と建築形式が一致しているように思えたからだ。

クリスはますます憂鬱な顔で頬杖をついたまま、うなずいた。

「そうだ。本当に、マンフレート王は素晴らしい功績を残しておられる」

「あなたも、その名を引き継ぐ人になれるわよ！」

「何かと俺は、幼いころからマンフレート王と比較されてきたんだ。だけど、俺にそこまでの力はない。マンフレート王の名を聞くたびに、何かとひねた気分になる」

「あなたもきっと、すごい功績を残せるでしょ。いじけている場合じゃないわよ」

力づけようとして言ったのだが、クリスは深いため息をついた。

「生きていればね」

——え？

どういう意味かと思ったが、そのとき、馬車が王城の門の内側に入っていったので、アンジェラはますます近づいてくる王城のようすに意識を奪われた。

クリスはだらりと弛緩《しかん》していた身体を起こし、手鏡を引き寄せて髪や服の乱れを正し始めた。

それから、何かを覚悟したかのようにキリリと表情を引きしめる。

——あら。キラキラ度が上がったわ。

馬車は王城のエントランスで停車した。

馬丁が馬車から降りるための足台を準備していたときに、馬車の外から独特の口調で呼ばわる声が聞こえてきた。

「国王、王妃陛下のおなーり……」

——え？　いきなり出迎え？

焦ったアンジェラの前で、馬車のドアが外側から開かれた。馬車から最初に降りたのは、クリスだ。クリスはアンジェラが見たこともないような取り繕った表情をしていた。

——え？

そんなクリスの表情の変化に、アンジェラは気を奪われる。

クリスが出ていったので、アンジェラも慌てて馬車から降りた。到着を国王、王妃に出迎えられるとは思っていなかったので、服装も途中の都市であがなった古着のドレスだし、お化粧も髪型も適当なのが気になる。

足台に足をかけたとき、クリスが礼儀正しい態度で、エントランスに立つ国王と王妃に挨拶をしている姿が目に飛びこんできた。

「父上も母上も、ご機嫌麗しく」

国王と王妃はにこやかに、クリスの挨拶を受けていた。親子関係は悪くないらしい。ここでは、取り繕ったクリスの姿のほうが通常のようだ。

——ここでは「いい子」に装っていたって言ってたものね。

無人島でクリスは「自由」を手に入れたというのに、この城に戻ってきただけで、条件反射的に猫を被ってしまうのかもしれない。

国王と王妃はクリスに親密に話しかけながら、城の中へと入っていく。『助手』であるアンジェラのことは、全く気にかけていない。

アンジェラはその三人の後をただついていくしかなかった。

エントランスを少し進んだところで、アンジェラは国王と王妃がわざわざクリスを出迎えた理由を理解した。その中央で、桜色の清楚《せいそ》なドレスを身につけた愛らしい若い女性がクリスを待っていたからだ。

彼女が身動きするたびに、ドレスの布地が柔らかな虹色の光沢《こうたく》を帯びて輝く。光の波長や微細構造による発光現象だ。玉虫の背中が光るのと、同じ原理だ。このようなドレスの布地を、アンジェラはこの世界で見たことがなかった。

――だから、おそらくかなり高価なものね。国力がある国で、そのトップに君臨する女性のみに許された最高のドレス……！

そのドレスをまとっているだけで、彼女の柔らかそうな肌の色が一段と引き立っていた。綺麗な花をまとっているように見える。

彼女はドレスだけではなく、高価な宝飾品を身につけていた。顔立ちがとても愛らしい。クリスを見つめる頬の色が、淡く染まっていた。

――これが隣国の姫？

二十歳そこそこか、それよりも若いぐらいかと、アンジェラは値踏みする。初々しさとあどけなさをその全身から漂《ただよ》わせていた。クリスの好みにぴったりの、純真そうな姫だ。

クリスが近づくと、彼女は礼儀にかなった仕草で屈みこんで挨拶をした。

ストロベリーブロンドの髪が、柔らかなカーブを描いてそのほっそりとした肩まで流れおちる。唇は桜色で、艶《つや》を帯びていた。

外の風にも当てないほど、大切に育てられた深窓の令嬢の雰囲気だった。

アンジェラとは正反対だ。人見知りのあるクリスであっても、好みに合いそうなタイプに見える。たいていの男なら、おそらくその守ってあげたいようなたおやかな雰囲気に骨抜きにされることだろう。アンジェラでさえ、彼女の美貌にぼうっと見とれそうになる。

「隣国であるオルーア神殿領の、エリザンナ王女だ」

国王が彼女をクリスに紹介した。

その紹介を受けて、クリスがエリザンナの手を取った。うやうやしくひざまずき、その手の甲に口づける。それは礼儀にかなった仕草なのだが、アンジェラは内心穏やかではいられない。

――これが、エリザンナ王女。……強敵だわ……！

クリスはウブで、女慣れしていないから危険すぎる。すぐにでも引き離さなければならないと思うが、さすがに国王と王妃がいるから、アンジェラには何もできない。

クリスのキスを受けて、エリザンナははにかんだように微笑んだ。その笑顔があまりにも愛らしくて、アンジェラですら目が釘付けになる。

彼女の眼差しはクリスに一心に向けられ、恋い焦がれているようにも見えた。

今日のクリスは、王城に上がるからと、見目麗しい正装を身につけていた。片方の肩から伸びたマントが、床まで達している。白一色の布地に、金銀の豪華な飾りがついた軍服風の衣装は、クリスの精悍《せいかん》さをますます引きたてていた。

国王がうなずいて王妃と歩き始めると、クリスはエリザンナをエスコートしながらその後を追う。一国の王太子として、その仕草はすっかり場慣れしていた。

──これが、王城でのクリスなんだ……。

何だか、クリスが知らない人のように思えた。エントランスに入ってからというもの、クリスはろくにアンジェラのほうを振り返らない。

それが自分を軽んじているように思えて、悔しさと寂しさが広がっていく。

六日間の旅の間に、クリスと馬車の中で、本当にどうでもいい話をした。

クリスと肉体関係は持ったものの、あれからクリスはそんなことはなかったようにふるまっていた。アンジェラも、それでいいと思って彼に合わせた。

特に恋人同士というわけではない。必要があって身体を重ねただけだから。

それでも、クリスにとって特別な人間になれていると思っていたのだが、こうやって強力なライバルが出現すると、その自信が揺らぎそうになる。

──クリスにとって、私は何？

クリスのことは好きだから、攻略して骨抜きにしてやりたい。だが、次にどうすべきか、アンジェラにはわからない。

身体を重ねたことで、自分は安心しすぎていたのではないか。

——やり捨てにされる、って可能性もあるわね？

『白き魔術師』にジョブチェンジしたクリスは、男としての自信もつけた。これから、美女に囲まれて宮廷生活を謳歌《おうか》し始めたら。

華やかな一団から、アンジェラは少し遅れてとぼとぼとついていく。

——は……。

アンジェラは歩きながら、静かにため息をついた。

もしかしたら、このゲームの世界では隣国の姫がクリスを攻略するためのイベントが始まったのかもしれない。このようなイベントが展開されているということは、アンジェラがクリスをちゃんと攻略できていないからに他ならない。

確定ルートに入っていたら、クリスを奪おうと他のライバルが出現する、なんていうイベントは発生しないはずだ。

少なくとも、『プリンスウェル王立学園～胸キュン・プリンス奪還』の一作目ではそうだった。確定ルートに入ったら、関係を深める二人きりのイベントがここぞとばかりに続くのだ。

そのことに気づいて、アンジェラはゾッとした。

ここで性根を入れて、クリスを攻略しなければならない。

王城に戻ってすぐのその晩に、クリスの帰還と、エリザンナ姫の来国を祝う舞踏会が開催される。

クリスはアンジェラをエスコートできない、と事前に残念そうに告げた。

エリザンナ王女をエスコートしなければならないらしい。

アンジェラはエスコートしてくれる人もなく、どうにかあつらえた舞踏会用のドレスを身につけて、ひっそりと大広間に入るしかなかった。

「は……」

壁際で、アンジェラはため息をつく。

クリスは国王と王妃には頭が上がらないようだ。

社交上の問題でもあるから、エリザンナ王女を大切に扱わなければならないのは理解できる。

舞踏会が開かれているのは、この城で一番大きな大広間だった。天井からはまばゆいばかりの光を放つシャンデリアが等間隔で吊り下げられ、壁には鏡が多用され、金と銀の飾りがふんだんについた豪奢な広間だ。

壁や床材や室内の装飾のどこまでが、魔法で作られたものなのか気になった。それらを観察していると、華やかに着飾った男女が、始まった音楽に合わせて楽しそうに踊り始める。

舞踏会の始まりだ。

クリスの姿を探してみたが、どうせエリザンナ王女と踊っているに違いない。

大勢の人垣の向こうにチラッとだけクリスが見えたが、やはり相手はエリザンナ王女のようだ。見たことがないぐらい、愛想のいい笑みを浮かべて踊っている。

――そんなの、クリスじゃないわ。

アンジェラは胸の中でつぶやきながら、所在なく壁際にたたずんだ。そんなときにアンジェラは、エリザンナ王女を少し離れたところから凝視している男の存在に気づいた。

――あら?

大勢の人々がクリスとエリザンナを見つめている。だが、男のただならぬ表情が気になった。

男は長身に隙なく舞踏会用の華やかな長衣をまとっている。だが、敵でも殺そうとしているような物騒な目は舞踏会の場にふさわしくない。

クリスに向けた目はあまりにも殺気だっていたのだが、その後でエリザンナに向けたときには、愛しさと悩ましさに満ちていた。

――ハーン……。

アンジェラにはピンときた。自分の勘が正しいのか確かめるべく、人々をかき分けてその男に近づいていく。

男は二人をにらみつけるのはやめて場所を変えていたが、肩の凜々しい張りと、その服の色彩から、すぐにアンジェラは男を見つけることができた。

男の正面に回りこみ、そっとそっと身体をかがめて挨拶をする。

「君は——」

「ここでは、クリスさまおつきの魔法助手、ということになっております。アンジェラとお呼びください」

クリス、という言葉を聞いた途端、男の目つきが険しくなった。だが、それをアンジェラは笑顔でやり過ごし、鋭く切りこんだ。

「お名前を教えていただけます?」

男は一瞬だけためらったが、礼儀に反する言動はできないらしく、仕方なさそうに口を開いた。

「グスターヴ・コーザ。オルーア神殿領で、騎馬近衛《きばこのえ》隊長を拝命しております。エリザンナ王女が幼いころから、騎馬騎士として護衛の役目を」

「今回も、エリザンナ王女の護衛のためにこの国にやってきた、ってわけですのね?」

「ええ」

『幼いころから騎馬騎士として護衛』と聞いただけで、乙女ゲームをやってきたアンジェラはすぐにひらめくことができた。

これはもちろん、『幼なじみ属性』だ。

幼いころから王女と騎士として、大切に愛を育《はぐく》んできた。なのに、いきなり彼女と隣国の王太子との政略結婚の話が持ち上がり、冷静ではいられない、といったところだろう。

だとしたら、この騎馬近衛隊長を利用しない手はない。詳しく事情を聞き出したくて、アンジェラは周囲を見回した。

だが、久しぶりのクリスの帰城を受けたせいなのか、大広間はひどく混雑していた。

テラスにまで人がいたから、あまり場所はない。

そう判断したアンジェラは、グスターヴにそっとささやきかけた。

「少しあなたと内緒話がしたいから、私をダンスに誘ってくださらない？」

踊りながらなら、親密に話はしやすい。誰かに聞かれたとしても、断片的にしか相手の耳に入らないからだ。そう判断して言ってみると、グスターヴもその意図を鋭く読み取ったようだ。

うなずいて、アンジェラに手を差し伸べてきた。

「では、アンジェラ嬢。私と踊っていただけますか」

「喜んで」

微笑んで、アンジェラはグスターヴの手を取った。

今日は誰とも踊れないと思っていただけに、こんな形であっても踊れるのが嬉しい。

思わず花がほころぶような笑みを浮かべてしまったことに、自分でも苦笑いする。クリスとはタイプは違うが、グスターヴもなかなかの男前だ。何より武人だから身体が分厚い。

——運動部系の、たくましさだわ。その上、地位もありそう。

もしかしたら、グスターヴも攻略キャラの一人なのかもしれない。そんなふうに思ったから、踊るためにフロアの空いたところに移動しながら尋ねてみる。

「グスターヴさま。お国での爵位は?」

「侯爵です。コーザ家は、かなり古い家系でして」

――侯爵……!

その言葉に、アンジェラは思わずにっこりした。

グスターヴもおそらく、攻略対象に違いない。キリリとした顔立ちやたくましい身体つきはモブたちの中で際だっているし、幼なじみの姫を一途に思っているところなど、いかにもな属性もある。

グスターヴはアンジェラの手を握り直し、音楽に合わせて踊り始めた。さすがは武人だけあって、踊りにはキレがある。

一通り踊るのを楽しんでから、アンジェラからもグスターヴの肩に腕を回して尋ねてみた。

「で、グスターヴさまは、エリザンナ王女の縁談をどうにかして邪魔したいわけなんですね?」

いかにもわかりやすい態度だったくせに、グスターヴにとってはそんな質問は想定外だったらしい。

ひどくギョッとしたような顔をされ、足を踏まれそうになった。

詰め寄られ、噛みつくような声で尋ねられる。

「どうして、そのことを……！」

「自分の恋心を隠せていないもの。私の目には、見え見えでしたわ」

「そうか。わかった、魔法ですね。クリスの魔法助手だと」

興奮したグスターヴの腕を、アンジェラは少し強めに引っ張った。

再び踊り出すようにうながしながら、アンジェラは遠慮なく切りこんでいく。

「落ち着いて。魔法など使わなくても、あなたの態度を見ればわかります」

「そ、そうでしょうか？」

「そうですわ。あなたにその自覚がなかったことのほうが、驚きですけど」

皮肉気に言ってやると、グスターヴは反省したようにうつむいた。そんなグスターヴに、アンジェラは柔らかにささやいてみる。

「詳しく話していただければ、お力になれるかもしれませんわ。クリスのほうも、本心からエリザンナ王女と結婚したがっているとは限りませんし」

「ば、……ばかな。そんなはずはありません。エリザンナ王女と結婚したいと願わない男など、この世に存在するはずが」

焦って口走るところを見ると、グスターヴは少々思いこみが強いタイプらしい。

——それぞれに、キャラが濃いわね。

そんなふうに思いながら、アンジェラはグスターヴからいろいろ事情を聞き出していったのだった。


アンジェラには、クリスの口添えもあって、客人用の立派な部屋が与えられた。

その素敵で居心地のいい部屋で、舞踏会後のドレスから寝間着に着替えようとしていると、ドアが激しくノックされた。

誰かしら、と思いながらも、ドレスを脱ぐまで待ってもらうようにとこの部屋付の侍女に伝えた。寝間着姿になってからドアを開けると、そこに立っていたのはクリスだった。

彼は舞踏会の会場から、直接ここにやってきたらしい。

いきなり、糾弾《きゅうだん》するような調子で言われた。

「舞踏会のときに、見知らぬ男と踊っていたな」

その言葉に、アンジェラの肩はピクンと反応した。

大勢の令嬢に囲まれ、エリザンナ王女の相手もしていたクリスが、自分を見ていたとは知らなかった。

——もしかして、嫉妬《しっと》してる？

身体の関係を持った後も、クリスの態度はさして変わらなかった。特に慣れ慣れしくなった、ということもない。

だけど、自分のことを気にしていたのなら脈ありだと、アンジェラは内心でほくそえんだ。

侍女を下がらせてから、アンジェラはクリスに向き直った。こちらのほうにも反論がある。

「あなたのほうは、王女さまとよろしくやっていたじゃないの」

クリスがエリザンナと親しそうにしているのを見るたびに、アンジェラの胸はチクチクした。

こんなのは初めての体験だった。

自分のこの感情は嫉妬なのか、それとも攻略に失敗しつつあるという焦燥感からなのか、アンジェラには自分の気持ちが把握できない。

クリスはなおも、憤然《ふんぜん》と言いつのった。

「俺のほうは、仕方なく！　だ。それに、王女からドラゴンのことについて、いろいろ聞き出しておく必要があったし」

「私のほうも、その必要があったからよ。それに、あの騎馬騎士は心配ないわ。エリザンナ王女の幼なじみで、今でも彼女のことを愛しているから」

「えっ」

クリスはビックリした顔をした。

エリザンナにそのような人がいるとは、考えたことがなかったのだろう。

「エリザンナと踊っていたあなたのことを、その騎士――グスターヴは、ぶっ殺す！　って顔でにらみつけていたのよ。それで、私にもわかったの。あなたに、本心ではエリザンナ王女を譲《ゆず》りたくないのよ。だけど、グスターヴの力では、隣国を悩ませているドラゴンは退治できない。泣く泣く、強大な魔力を持つあなたに頼むしかないってところみたい」

「ほお？」

「ドラゴンを倒さないと、隣国の民は苦しむし、どんどん殺される。それに、もし王女があなたのことが好きならば、自分は苦しいけど、身を引く、っていう悲愴な覚悟をしていたわ」

「そ、そうなのか」

クリスは難しい顔をする。グスターヴはいい当て馬だ。

邪魔なエリザンナ王女との恋を実らせて、退場させるのにちょうどいい役割だった。そうして、アンジェラはクリスと結ばれるのだ。そうすれば、スッキリする。

「ところで、ドラゴンはどうするの？　あなたの強大な魔力なら。難なく倒せるはずよね。私も協力するわ。あの島で作ったばくだ――いえ、私の強力な力を秘めた、魔法の玉を持ってきているの」

「うん」

「それで足りなかったら、黒色火薬《こくしょくかやく》を作ってもいいわ。本当はダイナマイトぐらい作っておきたいんだけど、さすがにここでは技術的に無理だと思うわ。蓄光アクセサリーを獣の目に見立てて、ドラゴンを惑わすことぐらいはできるかもしれないけど」

毎日村人が殺されているのだから、まずはこの問題を片付けることが先決だ。

「俺にドラゴンを倒させて、王女と結婚させて、君はあの男と結婚しようって考えてはいないだろうな?」

クリスの嫉妬は可愛いが、そんな的外れな疑いをかけられるのはまっぴらだ。

アンジェラは腕を組み、クリスをにらみつけた。

「もしかして、嫉妬してるの?」

クリスは顔を真っ赤にして否定した。

「してない!」

「そう? あなたのほうこそ、エリザンナ王女のことを、気にいってるんじゃないでしょうね。可愛かったし、綺麗だったわ。あなたを見て、頬を桜色に染めていたわ。そんなエリザンナ王女と、結婚したいと思ってる?」

舌戦《ぜっせん》ならば、アンジェラのほうが数段上だ。クリスの顔が、ますます赤くなった。

「したくない! こんな、……急に、彼女と会うなんて聞いてもいなかった」

「だったら、落ち着いて私の話を聞いて」

アンジェラが言ってやると、ようやくクリスは深呼吸して、まっすぐアンジェラのほうを見た。その目を見据えて、言ってやる。

「いい? 私たちはまず、ドラゴンを倒しに行くの。今のあなたの魔力なら、ドラゴンを倒すのは可能なはずよ」

話しているうちに、アンジェラの頭に飛来するものがあった。自分はどうして、それを忘れていたのだろう。

「そうだ。ドラゴンといえば、財宝よ。財宝といえば、ドラゴンよ！　今回のドラゴンの財宝について、何か聞いたことはない？」

アンジェラの目が、財宝を夢見て鋭く輝く。

ゲームやファンタジーの世界では、ドラゴンといったら財宝はつきものだ。

財宝がなかったとしても、伝説の武器や何らかのチートなアイテムが手に入る。

だとしたら、アンジェラは何を手にできるだろうか。

だが、クリスは不思議そうに眉を上げた。

「そうなのか？　そんな話は聞いたことがないが」

──知らないはず、ないでしょう……！

アンジェラは襟元《えりもと》をつかんで詰め寄りたくなる。

だが、クリスは何一つ不自由なく育てられたおぼっちゃまだ。財宝には全く興味ないからこそ、その大切な情報が頭を素通りした可能性が考えられる。

「私の世界の常識では、ドラゴンといえば財宝なのよ。ドラゴンは常に財宝とともにある。ドラゴンを倒したなら、一攫千金《いっかくせんきん》の財宝が手に入る……はずなの！」

話しているうちに、アンジェラはぞくぞくしてきた。

この世界で頼りになるものは、やはりお宝だ。換金性の高い宝石に、金銀、稀少鉱物。

考えただけで、興奮が収まらなくなる。

「ドラゴンを倒したという名誉は、グスターヴに与えてやればいいわ。あなたにそんな名誉は、いらない。そうしたら、グスターヴはエリザンナ王女と結婚できる。隣国との結婚話も、それで立ち消えになるはずよ。あなたは、親に押しつけられた婚約から自由になれる」

アンジェラは舌なめずりをしたい思いで、クリスを見据えた。

「あなたに一つ、かなえてもらいたいお願いがあるの、何でも一つ、かなえてくれるって約束したでしょ。その願いが決まったわ。ドラゴンを倒したら、そのお宝を私に頂戴」

あやふやな愛の言葉より、いつ消えるかわからない愛情というものよりも、アンジェラが欲しいのはお宝だった。

愛はうつろいゆく。クリスと確かな愛を誓《ちか》ったとしても、いつその恋が冷めるかわからない。

だけど、財宝はアンジェラを裏切らない。そのはずだ。

――この世界で、信じられるのは、己のみ、よ。

自由を保障し、栄誉もさらなる裕福さも保証してくれるのは金だ。

ドラゴンの財宝を元手に商売を始め、揺るぎない地盤を手に入れたい。金さえあれば、爵位や領地も手にいれられるはずだ。

　──だって、……いつ攻略に失敗するか、わからないもの。

　アンジェラには苦い経験があった。攻略に成功したと思っていたのに、最後の瞬間に全てが崩壊した。

　二度とあんな思いはしたくない。自分がひどく惨《みじ》めで、何の価値もない薄汚れた小娘に思えた。事実、そのものだった。

　アンジェラには、男を射止める魅力などまるでなかった。自分が空っぽの存在に思えた。あんなふうに、自分がまるで価値のないものに思えるのはまっぴらだ。いつでも、輝く自信とともに生きていきたい。たとえそれが、空虚なものであっても。

「君が欲しいのは、財宝だけなのか」

　クリスがあやぶむようにアンジェラを見た。どこか悲しげにも見えた。そんな表情を見ると、心が動く。欲しいのは、クリスの愛だと答えて欲しかったのだろうか。

　本当はクリスの揺るぎのない愛を手に入れたい。婚約者として認めてもらいたい。

　──だけど私とは、国王陛下の承諾がなければ婚約できないって言ったのよ、あなたは。

　断ったのは、クリスのほうだ。

「そうよ。私が欲しいのは、ドラゴンの財宝よ」

「そうか」

　クリスは見捨てられた子犬のような目をして、ぎゅっと拳《こぶし》を握った。そんな姿に、アンジェラの胸はジンジンと痛む。

アンジェラは何も持っていないのに、さらに愛情も奪おうとするクリスはずるい。クリスは何もかも持っている。王太子の身分も、強大な魔力も。

クリスがあまりにも寂しそうな顔をするので、もしかしたらここで選択肢を誤ってしまったのかもしれないという不安が、胸をかすめた。

だけど、選択してしまったからには、後戻りはできない。リセットする手段は何もない。

クリスはひどく深刻な顔で、アンジェラを見た。

何かろくでもない情報がもたらされそうな予感に、アンジェラまでもが緊張する。

「君はドラゴンを倒すのを軽く考えているみたいだけど。……あれは、すごく強いんだ」

その言葉に、アンジェラは驚いた。

ドラゴンは強い。おそらく、そうだろう。いつでもドラゴンは、ステージのラスボスとして登場する。それでも経験値を上げ、攻略するためのノウハウを積み上げていったら、どうにかなる存在のはずだ。

――だからクリスは『清き魔術師』から『白き魔術師』にジョブチェンジしたんでしょ。倒すのに何の問題もないと思っていた。

それでも、クリスは思い詰めた顔で言ってくる。

「ドラゴンが使う雷は、俺が落とす雷の何倍もの威力がある。しかも、ドラゴンの爪は、俺のシールドを軽く破る」

「え？」

クリスの言葉に、アンジェラは耳を疑った。

――でも、……『白き魔術師』になったら勝てるはずじゃないの？

クリスは小さく息をつき、重々しく言ってきた。

「俺の力は、魔術師としては比類なきものだ。だが、ドラゴンはこの世の頂点として君臨している。かつての強大な力を秘めた王ならともかく。俺ごときが対抗できるとは思えない」

「そんなにドラゴンが強いなんて、聞いてないわよ」

大誤算だった。

理解が追いつかない。もしかしてクリスは、ドラゴン相手には勝ち目がないと思っていたから、あんなにも憂鬱そうだったのか。

――そんなはず、……ないでしょ……？

ぐるぐると考えを巡らせていると、クリスは深々とため息をついた。

「だけど君が望むなら、……ドラゴンを倒すために全力を尽くそう……！」

悲壮な覚悟とともに言い切られて、アンジェラはドキッとした。

それでも、クリスが負けることはないはずだ。単に不安になっただけのことだろう。

「そうね！　あなたが全力を尽くせば、勝てるはずよ！　私も協力するわ……！」

アンジェラには、爆弾がある。

それに『白き魔術師』にジョブチェンジできたクリスが、そもそも負けるはずはないのだ。

それでも、不安が広がる。もしかして、奥の手を繰り出さないといけないのだろうか。


王城に到着して三日目の朝。

クリスたちの一行は、早くもドラゴン退治のために王都から出立した。

一行はたった四人だ。クリスにアンジェラとエリザンナ王女、グスターヴ。

クリスやエリザンナ王女の身分からすれば、もっと大勢の兵や従者を引き連れていくのが妥当なはずだ。

だが、大勢の兵は足を引っ張るだけでしかないと、クリスはエリザンナ王女から聞いていた。

ドラゴン相手には非力な大勢では意味がなく、いたずらに犠牲を重ねるばかりだった。だから、少数精鋭のほうがいい。

エリザンナ王女には安全な王城で待っていて欲しいと伝えたのだが、道案内をすると言って聞かなかった。たおやかに見えるくせに、そのあたりの意志は固いようだ。

そのエリザンナ王女の護衛として、当然、グスターヴもついてきた。せめてアンジェラは安全な場所で待っていて欲しいとクリスは頼んだのだが、彼女のほうも助力をすると言って聞き入れてはくれなかった。

——俺の言うことを、聞いてくれない面々ばかりだ。

そう思うと、クリスの口から深いため息が漏れた。

ここにいる三人だけではない。王城では、王も王妃もクリスのことを何も聞いてくれようとしなかった。幼いころから「いい子」を装い、両親の言うことに何ら逆らわずに生きてきたのだから、当然、クリスは何でも聞くと思いこんでいるのかもしれない。

——婚約などしたくない。きっぱりと断ろうと決めていたのに。

だが、両親に思いをぶつける場もないまま、あれよあれよという間にドラゴン退治の旅に発つことになった。

——おかげで、アンジェラの機嫌は悪い。

クリスは馬上の人であるアンジェラのほうをうかがう。

アンジェラは馬に乗ることには慣れていないようだ。だから、クリスの馬に乗せようとしたのに、反発してグスターヴの馬に乗っている。おかげでエリザンナ王女は一人で馬に乗っているのだが、彼女のほうは颯爽《さっそう》と馬を乗りこなしている。

何かとアンジェラとグスターヴが仲良く話している気配を感じ取るたびに、クリスはピクンとしてしまう。当てつけのように、アンジェラがグスターヴと仲良くしているのを見るのが苦しかった。

——まぁ、とにかくドラゴン退治はしなければならないけど。

日々、村人に犠牲者が出ている状況だ。この東の大陸一番の大魔術師かもしれない、という噂のクリスが、この惨劇《さんげき》にあたって出向かなければならない状況であることは明らかだった。

もしもドラゴン退治ができたなら、この東の大陸において最大の名誉が与えられる。

その名誉を、クリスはグスターヴに譲ればいい、とアンジェラは軽く言い放った。そうすればグスターヴはエリザンナ王女と結婚でき、クリスは婚約を解消できるのだと。

エリザンナ王女にあらためて確認したところ、彼女もグスターヴのことを愛しているらしい。

だが、互いに気持ちがわからないままこのドラゴン騒動が巻き起こり、とにかく大魔術師のクリスに助けを求めに来たのだ、と。

——まぁ、二人をくっつけるのは、いい方法ではあるよ。わかってる。わかってはいるけれど……！

クリスとしては、ドラゴンを退治したという最大の名誉を、アンジェラに求婚することのほうに使いたかった。

ドラゴンを退治した者の称号があれば、自分の好きな娘と結婚することができるからだ。

——そう思っていたのに！　アンジェラは俺よりも財宝がいいと言うんだ。

そう思うと、クリスは馬上でひどく落ちこんでしまう。

アンジェラのことは、すごく気になっている。クリスの心まで射貫く鋭い眼差しにゾクゾクするし、あんなにも遠慮なくクリスの心をえぐる物言いをするのも、アンジェラだけだ。

何よりアンジェラには、「白き魔術師」にしてもらった恩がある。結婚したいと思っていた。

だが、王太子という立場では王に逆らえないから、ドラゴンを見事倒すことによって、アンジェラに求婚しようと思っていたというのに。

——俺よりも財宝がいいって……。

ぐちぐちと、何度も考えてしまう。その事実が胸にのしかかる。

アンジェラのほうも、自分のことを憎からず思っていると思いこんでいた。初めて関係を持ったときから、いや、それよりも以前から、アンジェラとは何か特別な絆を感じていた。

だが、それらは全て、クリスの思いこみにすぎなかったのだろうか。

——つらい、……悲しい……。

クリスにとってアンジェラは特別な女性なのだが、アンジェラにとってクリスはそうではないのだろうか。

結婚する相手は、アンジェラしかいないと決めていた。だから、舞踏会でアンジェラがグスターヴと楽しげに踊っているのを見たときには、心臓が止まるかと思った。

しかも、グスターヴと踊っていたアンジェラは、見たことがないほど柔らかではにかんだような笑みを浮かべていた。

悔しかった。怒りで、目の前が真っ赤に染まった。

あのとき、クリスは自分がアンジェラに本気で恋していることを、嫌というほど自覚した。

——なのに、……俺よりも財宝……。

グチグチと思い悩んでしまう。

財宝さえ手に入れたら、アンジェラにとってクリスは用がない存在なのだろうか。その財宝とともに、クリスの前から消えてしまうつもりなのか。

——俺の初めてを奪って。……俺の心を、こんなにもかき乱して……。

胸が痛い。

それでも、アンジェラが財宝を前に喜ぶ姿を想像すると、その夢をかなえてあげたいと思ってしまう。

——だけど、どこまで俺は応《こた》えられる……？

アンジェラのおかげでジョブチェンジできて、かつてないほど強大な魔力を手に入れた。だが、ドラゴンについて調べれば調べるほど、クリスは不安にならざるを得なかった。

——俺で歯が立つのか……？

その口から吐かれる炎は遠くまで届き、雷を操り、竜巻を巻き起こす。聞けば聞くほど、その威力はクリスとは雲泥《うんでい》の差があった。

ため息が止まないクリスを先頭に、四人が乗った三頭の馬は、ドラゴンが棲む険しい山脈の道を通って、麓の街に向かっていた。

そろそろドラゴンの生息域《せいそくいき》に入ると思ったそのとき、視界を真っ白に染めるほどの強烈な雷が、一行のすぐそばに落ちた。

――な……っ！

驚いて振り向いたクリスの視界を、巨大なは虫類の身体がふさぐ。

コウモリのような大きな翼が生えていた。翼が大きく羽ばたくたびに、叩きつけられてくる空気の塊によって、馬ごと地面に押さえつけられそうになる。

鋭いかぎ爪がクリスのすぐ脇をかすめたと思いきや、長い尾が目に飛びこんできた。

「うぁあああああ……っ！」

ひどく狼狽したようなグスターヴの声が上がる。

「ドラゴンよ！」

アンジェラの悲鳴が聞こえた。再び焦って頭上を振り仰ぐと、クリスたちのすぐ上を通り抜けたドラゴンが、旋回して襲いかかろうとしている。

クリスたちめがけて、火柱《ひばしら》を放たれた。

反射的に、クリスは皆を守るべく、頭上に大きなシールドを張った。

「急いで、村まで走れ……！」

ドラゴンのいる方向に馬の頭を向けて突っ走る。

ドラゴンの真下を馬で通り抜けるときには、生きた心地がしなかった。ここまで巨大なドラゴンだとは思わなかった。

その炎の威力は、びっくりするほど強大だ。シールドが破られそうになって、何度も繰り返しシールドを張り、一行を守る。途中で気づいて、姿を消す魔法をかけた。

ドラゴンにはクリスたちが見えなくなったらしいが、四方八方に火を放たれる。

それを防ぎながら、命からがら麓の村まで向かう。

途中でドラゴンは諦めたのか、山のほうに姿を消した。


——恐ろしかったわ……。

今でも、アンジェラからはドラゴンに遭遇《そうぐう》したときの恐怖が消えない。手が小刻みに震えているし、背中に冷たい氷の柱を押しこまれたように、悪寒が消えてくれない。

ドラゴンというものを、アンジェラは初めて見た。

——前世のドラゴンのイメージが、そのままこの世界に持ちこまれているのね。蜥蜴《とかげ》に手足が生えたようなの。コウモリの翼。火を吐く。マジで、ヤバかったわ……！

そんな感想しかでてこない。クリスがいなかったら、一行は今頃丸焦げになって、命を落としていたことだろう。

すでにドラゴンから逃れて麓の村に到着し、それから何時間も経っていた。それでも、アンジェラの体内からは恐怖が消えずにいた。

考えてみれば、あそこまでの命の危機に遭遇したのは、船の沈没以来だ。

だが、ショックを受けているのはアンジェラだけなのかもしれない。

麓の村に到着してから、一行はそこで一番頑強な砦に通された。

食事の提供を受けながら、ドラゴンのことについていろいろ情報を仕入れることになったのだが、聞けば聞くほどアンジェラは無言になってしまう。

この東の大陸一の魔術師がやってきたと聞いて、多くの村人が集まった。

アンジェラたち一行と同じテーブルについたのは、村の長老や、オルーア神殿領から派遣された敗残兵などだ。彼らから、ドラゴンについて詳しく話を聞き出した。

臆していているのはアンジェラだけで、実際の脅威が去ったら、クリスもエリザンナ王女もグスターヴも平然としている。

その豪胆《ごうたん》さに、アンジェラはあらためて舌を巻く思いだった。

この人たちは、死に対してどれだけ鈍感なのかと思う。

――まぁ、私が焦っていたのは、ドラゴンが吐く炎が鞍につけてあった爆弾に引火したら、吹っ飛ぶ危険があったからよ。

そんなふうに、アンジェラは自分に言い訳してみせる。

だが、ずっと手の震えが止まらない。歓迎のための料理を出してもらったが、まるで食欲がなく、飲物を口にするのがせいぜいだった。

ここはかねてより国境沿いにあった要塞《ようさい》だったが、今はドラゴン対策の最前線として使われているらしい。

ここを領地としていた勇敢な領主と彼の騎士たちは、いち早くドラゴンに挑んで殺されたという。その領地を継いだのは幼い子供であり、残された領主の兵はほとんどが死んだそうだ。

——そもそも、巣に近づけないんですって。火を吐くから。

ドラゴンは日が経つごとに、凶暴になっているらしい。最初は村の家畜が襲われ、人々も襲われ、殺すより他にない。

九千九百九十九人の人が死ねば、ドラゴンはおとなしくなるが、さすがにそこまでの犠牲を出すわけにはいかない。

「とにかく、やるしかない」

断言して締めくくったクリスに、アンジェラはゾッとした。

歓迎の宴は、その言葉を受けて解散となった。

一行にはそれぞれに部屋が与えられた。要塞の内部のこととて、兵が与えられるような殺風景な部屋だ。

粗末な寝台と、がたついたテーブルと椅子があるだけだ。それでも、この要塞内では良い部屋なのだろう。掃除も綺麗にしてあり、心づくしの花がテーブルに飾られている。

その部屋で一息ついてから、アンジェラは隣のクリスの部屋を訪ねた。どうしても、話しておきたいことがあった。

クリスは旅装も解かず、ぼんやりとしていたようだ。

クリスの寝台に並んで座りながら、アンジェラは思いきって尋ねてみた。

「ドラゴンに、……勝てそうなの？」

クリスはかすかに眉を動かしただけだった。

「そうすることが、期待されてる」

「期待とかじゃなくって、実際に勝てるかどうか。あのとんでもない恐ろしい生き物相手に、勝算はあるの？」

「わからない」

クリスの表情は硬いままだ。

アンジェラが判断するかぎり、クリスは圧倒的に不利だ。今日は防ぐだけで精一杯だった。

クリスのどこか思い詰めたような固い表情は、死を覚悟しているように感じられる。

だが、ドラゴンに勝てないから逃げるなんて、クリスの立場上、許されないのかもしれない。

――それが、王族に生まれたものの矜持であり、決意、か。

王族として生まれ落ち、その身分にふさわしい待遇を享受《きょうじゅ》してきたのだから、その代償として与えられた試練に立ち向かわなければならない。たとえそれが死につながることであっても。

「もう遅いから、部屋に戻って寝ろ。明日は、俺ひとりだけで山に向かう。偵察だ」

そうは言ったものの、クリスが一人でドラゴンに挑み、死んでしまうようなイメージが頭にこびりついていた。それが杞憂でもない証拠に、クリスはぶっきらぼうにつけ足した。

「君ならこれから一人で生きていけると思うが。……これは、商売の足しになるかな」

そう言って、クリスは首筋をくつろげて何かを取り出した。金色の鎖に通されていたのは、銀色の指輪だ。だが、最初に銀色に見えたのは、その外側が数え切れないほどの無数の小さなダイヤモンドでびっしり覆われていたからだと気づく。

その中心には、大きくて美しいダイヤモンドが輝いている。

そのダイヤモンドが、光を弾いて七色に輝いた。

見ただけで、アンジェラは圧倒されて息を呑む。

「これって、……ものすごく貴重な品よね？」

ちりばめられた無数のダイヤモンドの一つだけでも、一財産築けそうだ。ダイヤモンドが珍重されるのは、その美しさに加えて硬度にもある。

傷をつけにくく、加工もしにくい。だが、腕利きの職人が作業をしたからか、恐ろしいほど輝いていた。その指輪に魅せられて、目を離せない。

「うちの家系に代々伝わるダイヤモンドだ。ドラゴン退治に成功したら、これでエリザンナ王女に求婚しろと、親から渡された」

だが、それをクリスはアンジェラの手に握らせた。握らせただけではなく、その手を外側から両手で包みこみ、手が開けないようにする。

「俺は、エリザンナ王女にこれを渡すつもりはない。君に託す。俺が戻ってこなかったときには、これを俺の形見にしてくれ。売り払ってくれてかまわない。王家の品だから、出所《でどころ》を疑われるかもしれないが、君ならうまくやれるだろう」

冗談めかして言ったが、クリスの語尾がかすれた。

ひどく乾いて、泣き出しそうな目をしている。アンジェラの手を包みこむクリスの指先が、かつてないほど冷たい。

クリスはやはり死を覚悟しているに違いない。これは求婚の品ではなく、形見の品だ。その証拠に、アンジェラの指にはめようとはしない。この世界でも、指輪をはめるのは求婚であり、永遠の愛の誓いであることは共通しているというのに。

クリスの覚悟を感じ取って、アンジェラの鼻の奥がツーンとした。

クリスはドラゴンを退治に出かけ、帰らぬ人になるつもりなのだ。この頼るもののない世界で、アンジェラをまたひとりぼっちにする。

――そんなのは、嫌よ……！

クリスといたかった。一人ではいたくない。アンジェラは一人でも生きていけるはずだけど、クリスと一緒にいることの安らぎを知った。攻略とか、そんなことは関係なく、クリスと一緒にいたい。失いたくない。

この世界で、クリスのそばだけが唯一のアンジェラの居場所だ。そのことを嫌というほど思い知る。

「いや、よ。……こんなのを渡して、……この世界で、……一人でどう生きていけというの」

アンジェラの声が震えた。こらえきれず、瞬《まばた》きと同時に頬に涙が一筋流れた。

アンジェラの涙を見て、クリスは少し驚いたようだ。その涙をじっと見つめてから、照れたように長いまつげを伏せる。

「アンジェラなら、……一人でも、生きていけるだろ」

生まれた実家に、アンジェラの居場所はなかった。

両親はアンジェラよりも、領民のほうに気を配《くば》った。

家を出てから、ひたすら気を張って生きてきた。頼れるものは自分の才覚のみだった。

自分が相手を利用しようと思っているように、相手もアンジェラを利用しようとしている。

気を緩《ゆる》めたら、いつその相手から利用され、裏切られるかわからない。

足をすくわれてはならない。

だから誰に対しても、抜け目なくふるまってきた。それがアンジェラだったはずなのに、クリスが相手だと調子が狂う。

——いい人だったから……よ。

最初こそツンツンしていたが、すぐに屈託なく笑って、アンジェラを受け入れてくれた。アンジェラを褒めてくれたし、すごい魔術師だとも言ってくれた。

クリスといたときは、彼の誠意を疑うことなくいられた。

クリスを失いたくない。

アンジェラはクリスに握らされた指輪の感触をてのひらに刻みこみながら、ぼろぼろと涙をこぼした。両手をクリスに握られているから、涙を拭うこともできない。

涙は女の武器だから、有効に使わなければならないはずなのに、ただ感情のままに泣いていた。

「どうして、……こんなことをするの？」

ひく、としゃくりあげた。

自分の死後まで、アンジェラのことを心配してくれる人は今までいなかった。

「商売の元手なんていらない。ちゃんと生きて帰って、求婚すればいいわ。その指で、指輪をはめてもらいたいの。私のことだから、……あなたの気持ちなど無視して、本当にこれを売り払ってしまうかもしれないわよ」

正直な気持ちを、そのまま口に出した。今は盛り上がっているが、この熱が醒めたらそのように行動しかねない。

アンジェラ自身でさえ思うのだから、クリスもそう思っていることだろう。

　クリスは達観したかのように笑った。

「それでいい。君が生きていけるのならば」

「あなたのことなんて、すぐに忘れて、……いい金づるだったな、としか思い出さなくなってもいいの？」

　自分は本当に、ろくでもない人間だ。なのに、どうしてクリスだけは、こんな自分に優しいのだろう。

　ボタボタと涙が、あごを伝ってクリスの身体に落ちる。

　そんなアンジェラを愛しげに見上げながら、クリスが言葉を重ねた。

「それでいいよ。君が、幸せに暮らせるのなら」

「バカね……っ！」

　アンジェラは言わずにはいられない。

「あの海の中のお風呂は楽しかったね」

　遠い過去のように、クリスは口にした。死ぬ覚悟を決めてしまった人間のように思えて、アンジェラの胸は締めつけられる。

　クリスを死なせたくない。

　だけどクリスは、ここから逃げようと誘っても絶対に聞いてくれないだろう。

　——責任感のある人だから。

クリスが逃げたら、ドラゴンによって村人が殺され続ける。九千九百九十九人死ぬまで、ドラゴンは人を殺し続ける。そんな残酷な事実に背を背けて、生きていける人ではない。

「これ、……直接、指にはめて欲しいの」

「そうだね。俺が明日、無事に帰ってきたら、そうするよ」

何だか、立派にフラグが立っている。

もう方法は何もない——と言いたいところだったが、悲愴な覚悟を決めているクリスにしっかりと付き合ったところで、アンジェラは涙を拭って表情を引きしめた。

盛り上がるのは、ここまでだ。

「あなた、死なないわよ」

「え？」

「もっと強くなれるもの。とある条件を満たせば」

イザベラから聞いた。まずは『清き魔術師』から『白き魔術師』にジョブチェンジする。それから二度目に関係を結んだら、魔法属性キャラのステータスは、マックスになるのだ。『白き魔術師』にジョブチェンジすれば、十分だと思っていた。だが、ドラゴンはそれでは歯が立たないという。

——だったら、クリスと二度目をして、ステータスをマックスにしたら、ドラゴンに勝てるかもしれない。

ステータスがマックスになるというのは、どれほどの変化を伴《ともな》うものなのか、アンジェラには実感としてわからない。第二作目をプレイしてないからだ。

これは試してみるしかないと、アンジェラは覚悟を決めた。

渡された指輪を枕元に置き、クリスの手を握り直す。

「いい？　これから、とても大切な話をするわ。『清き魔術師』から『白き魔術師』にジョブチェンジしたとき、あなたはとても強くなった」

「あ？　ああ」

クリスは瞬きしてうなずく。

それによって、強くなった自覚があるのだろう。そんなクリスを見据えて、アンジェラは真剣な顔で言い切った。

「実は、さらに強くなる方法があるの」

「え？」

ごくり、と唾を飲んでから、アンジェラは言い切った。

「二度目よ。私と二度目をしたら、もっと強くなれるはず」

「それは、どういう根拠があって？」

ひどくとまどっているのが伝わってくる。

アンジェラとしても、それは同感だった。ゲーム会社がこんな条件を入れたのは、おそらく十八禁要素を盛りこんだスチル絵を増やすためだ。

だが、アンジェラとしても二度目をすることで、クリスにとってかけがえのない存在となれる気がする。

「私はこの世界を司る異世界に通じている、特別な魔術師よ。だから、この世界の構成要素についてまで、理解できているの。とにかく、二度目をしたら強くなれる」

「二度目を」

クリスは上擦った声で繰り返し、アンジェラの手をぐっと握った。

「いいのか?」

それが二度目の性行為への許諾《きょだく》を求めているのだとわかって、アンジェラはドキッとした。

もちろん、嫌だったらこんなことを言い出してはいない。誰よりもアンジェラが、クリスを失いたくないと願っている。

「ええ。私が、あなたを最強にしてみせる」

アンジェラはクリスの顔を間近から見つめた、先ほど指輪を渡されたことで、彼が自分に本気なのは伝わっていた。

クリスとしてから、そういう雰囲気になっていない。だが、忘れたことはない。アンジェラ自身も、その経験を経て、自分が少し変わったような気がしていたからだ。

——どこまで、うまくいくかはわからないけど。

まるでプレイしていないゲームだ。すごく苦労して獲得したアイテムなのに、それを使ってもさしてステータスが上がらないことに憤慨したこともあった。

クリスと二度目をしても、あまり強くならないかもしれない。

——それでも、この一縷の望みに賭けてみるしかないんだわ。それに、もしこれが最後だとしたら、……よけいにクリスとしておきたい。

好きな人と触れ合うのがどれだけ心地いいことか、アンジェラは知ってしまった。

目を閉じると、クリスのほうから口づけてくる。その柔らかな唇の感触を精一杯味わう。何度も角度を変えて、二人で互いの唇の感触を味わった。

二人とも息が弾むまでキスをした後で、クリスが尋ねてきた。

「ベッドに移動する？」

アンジェラはうなずく。

キスだけで、身体がひどく熱くなっていた。

アンジェラに残っていたのは閨《ねや》の甘い記憶ばかりで、あのときの恥ずかしい記憶はほとんど吹き飛んでいた。

だけど、実際にはまだ二度目という不慣れさだ。クリスに服を脱がされただけでやたらと緊張したし、剥き出しにされた乳首に触れられただけで、どれだけ自分の身体が濡れていくのか思い知らされた。

ましてや濡れきった花弁を開かれ、そこにクリスの視線を感じてしまったら、いたたまれなさもひとしおだ。

かなり外気が冷えこむ季節に入っていた。ここは急峻な山脈に近いが、要塞内の各部屋には暖炉がない。代わりにパイプが通っていて、そこを循環する湯を通じて、じんわりと各部屋が暖まる仕組みが整っているらしい。服を脱いでも、さほど肌寒さは感じない。

自分の恥ずかしい部分を見られているという感覚に、ひくんとそこがうごめいた。

指で開かれた部分からとろりと粘膜を伝った蜜の流れまで感じて、アンジェラは狼狽した。自分がそこまで濡れきっているのを浅ましく感じたものの、反応は制御できるものではない。

――だって、……クリスにいっぱい感じさせられたもの。

全身、余すことなく触れられ、舐められた。後はもう早く入れてもらって、とどめを刺されたいほどだ。

「入れてもいい?」

尋ねられてうなずくと、アンジェラの両足は抱えこまれ、濡れきった部分にクリスの固い先端が当たる。その独特の弾力を感じ取って、アンジェラは腰砕けになる。

ひくん、と中がうごめいたとき、クリスのものがぐっと身体を割り開いた。

「っあっ！　っぁああ、あ……っ！」

張り出した先端が、体内に道をつけていく。記憶にあったよりも、クリスのものはひどく大きく、硬く感じられた。その先端が性急に入りこもうとする動きに怯えて、アンジェラのそこは無意識にギュッと締めつけて、拒もうとする。

だが、その動きに逆らって、クリスのものがさらに深くまで入りこんだ。

「っあ、……っは、は……」

こんなふうにされると、力を入れていいのか、抜いていいのかわからなくなる。

身体の空洞が、クリスに埋めつくされていく感覚があった。呼吸のたびに、限界まで押し広げられた襞が軋む。

ひどい圧迫感と、無骨なほどの硬さと熱さにアンジェラは顔をゆがめた。

「ん、……は、……んぁ、あ……」

呼吸も浅くしかできない。どうやって前回はこの存在感をやり過ごしたのかと記憶を探ってみたが、頭が真っ白だ。とにかく圧迫感がすごすぎて、思い出すどころではない。

「ン、……っあ、……きつ、……待って……」

アンジェラは低くうめいた。

そんなアンジェラを見て、クリスが手を胸元に伸ばす。

上体を倒してアンジェラの上体にのしかかってきたから、その圧迫感に、なおもアンジェラはうめかずにはいられない。

だが、クリスは顔を胸元に埋め、そこで尖っている乳首を唇に含んだ。それを柔らかく舐めたてながらも、反対側の乳首も指先で包みこんで、くりくりと転がしてくる。

そんなふうに両方の乳首を責め立てられると、甘ったるい快感がそこからあふれ出す。

「っんぁ、……は、……ン、ん……」

体内に固すぎて大きなものを突き立てられている最中だ。だんだんとその違和感が薄れ、両方の胸の先から流れこんでくる快感に意識を奪われる。

乳首に吸いつかれ、そこを甘噛みされると、ひくんと中がうごめいた。なおも乳首をちろちろと舐められ、指先でくりくりと転がされていると、感じるのに合わせて、だんだんと襞が緩んでいく。その粘膜が柔軟性を増し、さらに蜜をあふれさせて、最初にあったキツさや圧迫感が少しずつ薄れていくのがわかった。

「そろそろ、いいかな」

そんなふうに言われて、クリスが動きを止めていたことに気づいた。

ゆっくりと抜き出され、同じ位置まで埋められる。圧迫感はあったが、それよりも襞をその大きなもので押し広げられる快感のほうがずっと強い。また抜き出され、今度は先ほどよりも深くまで埋められた。

「ふ、ぅっ」

追い出された息が漏れる。

もはや中はジンジンと痺れるような快感ばかりしか感じられないようになり、根元まで入れられても苦痛はなかった。それどころか、ごつごつとした先端を感じ取るたびに、そこから広がっていく快感のほうに気を取られる。

「ツン、……はぁ、……は、は、は……」

その楔型の切っ先が、襞を押し広げながら入ってくるときの快感と、抜かれていくときのぞくぞくとした奇妙な感覚に思わず声が上がる。

さらに蜜が分泌され、その動きをなめらかなものに変えた。

「ひ、あ、……はぁ……んぁ……っ」

特に自分の中にある空洞全てを埋めつくされ、突き当たりまでしたたかに先端で押し上げられたときの、快感ときたらない。

柔らかな粘膜をたっぷりと掻き回され、嫌というほど押しこまれた。

入ってこられるたびに、息が漏れた。他人のものの挿入を、自分が許していることに身体が昂《たかぶ》っていく。しかもそうされることは、たまらなく気持ちがいいのだ。

「っはぁ、……は、は……っ」

初めてのときには、互いにひたすら夢中だった。

だが、クリスは二度目にして多少の余裕を持つことができたのか、アンジェラの上で動きを止めて言ってきた。

「気持ちいい？」

よっぽど快感に溺れたような顔をしていたのだろうか。

自分だけが余裕がないのが悔しくて、アンジェラはぐっと唇を噛んだ。だが、それくらいでは甘ったるく漏《も》れる声を止めることはできない。

クリスはすでにアンジェラの弱いところを見つけ出していて、ぐ、ぐっとその張り出した先端で、執拗になぞってきた。

「……っぁああ、あ、あ……っ」

感じるところにクリスが狙いを定めて、めちゃくちゃに刺激されるのが気持ち良すぎて、おかしくなりそうだ。

「っ、……っダメ……よ」

うめいて腰をねじったが、その襞の動きがクリスに思わぬ刺激を与えたらしい。うっと、うめかれた後で、苦笑された。

「すごいね。……搾《しぼ》り取られ……そ……」

そう口走ったことで、クリスのほうも一切の余裕がなくなったらしい。アンジェラの腰をつかんで、太いものを立て続けに突き立ててくる。その切っ先がアンジェラの柔らかな粘膜を嫌というほどこじ開け、深い部分までえぐられるのがたまらない。

「っん！　……んぁ、あ……っ、ンゃっ……！」

容赦《ようしゃ》なく与えられた強すぎる刺激に、アンジェラはのけぞった。襞がぎゅうぎゅうとクリスのものを締めつけ、その硬さと大きささをむさぼる。

「……ッン、ン、ン」

膝の後ろをつかまれて身体を二つ折りにされ、ほとんど浮いた腰の奥まで、何度も叩きこまれた。

先ほどすごく感じたところを、クリスの先端がかすめるたびに、ひくんと痙攣が走る。それに気づいたのか、感じるところめがけて、クリスのものがつき立てられてきた。

「っぁ、……あ、あ……っ」

こんなふうに、身体をクリスに明け渡すのが、気持ち良くてならない。濡れた襞が、生き物のようにクリスのものを締めつけ、味わう。

ただ入れられているだけでも気持ちが良いから、アンジェラのほうからまともに動くことができない。クリスに組み敷かれ、むさぼられるばかりだ。

足が落ちると、もっと深くまで押し入ろうとするようにクリスがアンジェラの膝の裏をつかみなおし、あらためて腰が浮くほど身体を二つ折りにしてきた。

真上から突き刺すように腰を使ってくる。

「っあっ、……い、……っあっ」

クリスのものが出入りするたびに、目眩すらするほどの快感が広がった。

激しくされたかと思えば、奥のほうばかり狙うようにされ、その動きに慣れるよりも前に、クリスの動きはさらに緩急《かんきゅう》を交えたものに変わる。

さらにクリスの指は乳首にまで伸びた。

腰を動かす合間に乳首をきゅっと引っ張られ、そこからも広がる濃密な快感に、もはや自分がどこで感じているのか、わからなくなった。

突き上げながら乳首をいじられるのが、とても気持ちがいい。合間に乳首をくりくりと転がされるから、襞から力が抜けなくなる。

「っは、……あ、あ……あ……っ」

唇の端から、唾液があふれた。

「すごく、締めつけてる。……イク？」

尋ねられて、アンジェラはただうなずいた。特に奥のほうが弱くて、そこを圧迫されると、一瞬頭が真っ白になりそうなぐらい感じてしまう。

クリスも限界が近かったのか、その動きが速くなった。

「っん、……ん、ん、あ、……っあ、あ、あ……っあ……っ」

どれくらい、忘我の時が続いたのかわからない。

ひときわ深くまでクリスが切っ先を押しこんだ瞬間、アンジェラはガクガクと震えながら絶

頂に達していた。

「っひあぁ！　……あ……っ！」

勝手に襞がクリスのものを締めつけ、力が抜けなくなる。その襞の動きに誘発されたのか、クリスが低くうめいて、さらに一段と深いところまで叩きつけた。

「っ」

小さなうめきとともに、クリスのものが体内でどくんと脈打った。それを感じ取って、アンジェラの中もきゅうぅぅっと収縮した。

「……ん、……ん、ん、ん、ん……っ」

小さな絶頂感が、何度も襲《おそ》ってくる。

クリスは一度腰を引いたものの、また何度か腰を動かした。それで射精感が多少は収まったようだが、アンジェラの身体から力が抜けていくまで、身じろぎもせずにはぁはぁと呼吸だけを整えている。

その後でようやく引き抜かれて、アンジェラはぞくっと震えた。

「――チャージされた……感じはある？」

かすれた声で、聞いてみる。

二度目の性行為によって、クリスのステータスはマックスになるはずだ。それがどこまで正しい情報だったのか、まずはそれを知っておきたい。

クリスは体感を探るように視線を巡らせたが、困惑したように軽く首を振った。

「わからない」

「え?」

「とても気持ちが良くて、君としたことに満足感がある。――だけど、まだまだ欲望が収まらない。このまま続けてもいい?」

大してステータスが上がっていないから、クリスには実感がないのだろうか。

そんなクリスが翌朝、ドラゴン退治に出かけたら、帰らぬ人になる。そう思うと、これが最後かもしれないと思った。

アンジェラのほうもこのまま終わらせたくなくて、膝をあえてクリスの身体にからみつけた。

――クリスのことを、……もっとしっかり、覚えていられるように。

初めて、好きになった人だ。この身体に、クリスの痕跡を嫌というほど刻みこみたい。いつでもこの先、何があっても、クリスのことを思い出せるように。

クリスの手が伸びて、アンジェラの頬を包みこんだ。愛しげに額を寄せられ、口づけられる。

彼の優しい仕草が胸に染みて、涙が滲みそうになった。

――好き、よ……。

だけど、その言葉は告げられない。告げてしまったら、クリスがドラゴン退治から戻ってこなくなるような気がするからだ。よけいなフラグは立ててはならない。

い。

——誰も、……こんなふうに、……私に触れた人はいなかった。

アンジェラにとって、初めての恋心だ。好きな相手と抱き合う気持ち良さを味わっておきたい。

——ずっとずっと、覚えておくわ。

そんなふうに決意したアンジェラの体内に、またクリスの切っ先が戻ってくる。

「ッン!」

その甘い感触に溺れる。

朝など、ずっとこなければいい。クリスをずっと、ベッドに引き止めておきたい。そんなことしか、今は考えられなかった。

目が覚めたとき、アンジェラは寝台で一人、残されていた。

——クリスは?

慌てて身支度をしながら、その姿を探す。要塞内の部屋には窓がない。だから、今が何時なのか、まるでわからなかった。

——一人で行ってしまったの?

そう思うと、いてもたってもいられなくなった。もう二度とクリスには会えないのではないかという不安がふくれあがる。

　アンジェラは身支度を調えるなり、隣の部屋に向かった。そこにもクリスがいないことを確認してから、廊下を走り、要塞の外に向かう。

　クリスと抱き合った感触も、まだ消えてはいない。終わった後に簡単に後始末をしただけのものが、身体からあふれ出すような感覚さえあった。

　要塞の入り口から出て、外に出る。急峻な山脈があるために、太陽はまだそこから姿を見せてはいなかった。だが、とっくに夜明けを迎えているのだろう。空は明るく、周囲も白々とした光に照らされている。

　冷えた空気があたりを満たしている中で、アンジェラはドラゴンの棲《す》む高い山を見上げた。

　そのとき、その山に向かう道の入り口に立ちつくす人影に気づいた。

「グスターヴ……」

　グスターヴは、アンジェラの声に気づいて振り返った。

　それから、ひどく沈痛な表情を浮かべる。だから、アンジェラはわかってしまった。

「クリスは、出かけたのね？」

「夜明けとともに。私もついていきたいとお願いしたのですが、足手まといだと断られました」

　自分も同行を断られたことを思い出して、アンジェラは泣き笑いの形に口元をゆがめた。

「そう。……一人で行ってしまったのね」

アンジェラは遠く山のほうを振り仰いだ。

もう二度と、クリスには会えないかもしれない。そんな不安がこみ上げてくる。

ステータスはマックスにできたはずだが、すでにバッドルートだった可能性もあった。

ドラゴンの棲む山頂あたりから立ち上った煙がクリスを焼きつくしたもののように思えて、胸がひどく痛んだ。ただギュッと拳を握る。

涙も出ないぐらい、胸が空っぽだった。

起きたとき、アンジェラの首からは、クリスに渡された指輪を通した鎖が下げられていた。

せめてクリスの亡骸を探しに行くべきだろうか。近づいただけで、自分たちもドラゴンに殺されるだろうか。もはやクリスはいないから、シールドを張ってもらえない。

どうすべきかと思っていると、不意に山のほうから人影のようなものが近づいてきた。

空を飛んでくるその姿がクリスのように思えて、アンジェラは目を疑う。

近づくにつれて、だんだんとその姿が鮮明に見えてきた。

やはり、クリスだ。昨日まで着ていた服と同じ旅装を身につけていたが、少しだけすすけたように色彩が褪《あ》せている。

だが、大きな変化はそれくらいだ。手足がなくなったり、手の施しようもない火傷を負ったり、血を流していたりはしない。

どうしてこのタイミングでクリスが現れるのかわからず、アンジェラは呆然とした。

「何か、忘れ物でも?」

夜明けとともにクリスが出かけたのだとしたら、それからまだ一時間も経っていないはずだ。

自分がひどく間抜けな質問をしているとは思っていたが、他に言葉が出てこない。

ドラゴンの棲みかは、ここから振り仰いで見える急峻な山の火口あたりだと聞いていたから、ただ往復するだけでも戻ってくるのは昼ぐらいになるはずだ。

何か問題があって、引き返したのだろうか。クリスはアンジェラから数歩離れたところに着地すると、こともなげにつぶやいた。

「ドラゴン、倒してきた」

「え?」

アンジェラは耳を疑った。それは、グスターヴも同様らしい。

「今、何て……」

「ドラゴンを倒した。見にくる?」

いたずらっぽく問いかけられ、アンジェラはこれが冗談なのか本気なのか、判断に悩んだ。

あれほど巨大で強大だったドラゴンを倒したと言われても、すぐに納得できるものではない。

自分で納得するためにも、クリスに連れていってもらうしかない。

「見にいくわ!」

力強く言うと、グスターヴもずずいと進み出た。

「私も、同行させていただけますか」

「ああ。いくらでも」

クリスはこともなげにうなずいた。そのとき、少し離れたとこから声が響く。

「私も、……連れていってください」

振り返ると、要塞のほうからエリザンナ王女が走り出てくるところだった。彼女も今日のことが心配で、眠れなかったのかもしれない。

朝から隙のないドレス姿のエリザンナ王女が近づくと、クリスは軽くうなずいて、まとっていたマントを地面に敷いた。それから、口の中で詠唱を始める。

何だか、この朝に再会したときから、クリスの態度が余裕にあふれていて、表情にもそれがにじみ出しているようにアンジェラには思えてならない。『清き魔術師』から『白き魔術師』にジョブチェンジしたときもそうだったが、やたらとキラキラとして、眩しいほどの光に満ちあふれているように感じられるのだ。

今まで以上に、魔法をやすやすと操っているように思えた。

「このマントの上に乗ってくれる？　そして、落ちないように屈みこんで、マントをつかんで」

言われて四人ともにマントに膝立ちで乗った。マントの端をそれぞれにつかむと、ふわりとマントは四人を乗せたまま宙に浮かんだ。

　向かったのは、ドラゴンの棲む山の火口のようだった。

　マントが危うげなく飛んでいることに、アンジェラは感動する。少し前まで、クリスはこのような魔法は使えなかったはずだ。使えたのならば、わざわざ馬でドラゴンの棲む麓の村まで来ることもない。ひとっ飛びで済んだはずだ。

　マントはかなりのスピードで、火口目指して移動した。

　アンジェラはその縁から下を眺める。森林限界を超えて、荒れた岩ばかりが剥き出しになったところまで上昇する。

　麓よりもより寒さを感じたところで、マントはふわりと地面に着地した。

　どうやら、目の前にある深い洞窟《どうくつ》がドラゴンの棲みかになっているらしい。

「ここだ。もはや危険はないから、気にせずに進んで」

　クリスの先導の元に、一行はその洞窟に入っていく。

　灯りはなかったが、歩きながらクリスが軽く手を上げると、空中にふんわりとした灯りの球が四つ浮かんだ。それをそれぞれの身体の横に浮かべてくれたので、足元に危険はなくなる。

　ドラゴンが吐いた炎のせいなのか、壁も床もところどころが黒く焦げていた。

　その中をなおも進むと、洞窟の先が明るくなっている。

　どうやら、そこの天井にぽっかりと大きな穴が空いていて、外の光が射しこんでいるらしい。

その眩しさに気を奪われ、アンジェラが再び視線を洞窟の中に戻したときに、びくっと震えが走った。そこで洞窟は一気に広くなっていたが、思いがけず近いところに、ドラゴンの巨大な身体が転がっていたからだ。

いつそれが人の気配に気づいて動き出すかと思うと、気が気ではない。

——だけど、倒したって言ってたわよね。……本当に？

その言葉を肯定するように、クリスは無造作に進んでいく。

頭のほうに回りこんでいるようだ。アンジェラもこわごわその後を追ってみたが、ドラゴンの身体はピクリとも動かない。長い首をその先端までたどり、それだけで牛ぐらいの大きさがある頭部に回りこんだとき、アンジェラはホッとした。

ドラゴンの巨大な眼球が、開いたまま動かなかったからだ。開いた口も動かない。生の気配がないのを確認して、ようやくドラゴンは死んだのだと確信できた。

全身から緊張が抜けていく。

驚いているのはアンジェラだけではなくて、グスターヴやエリザンナ王女も一緒らしい。

アンジェラはドラゴンの頭部の横に立って、尋ねた。

「どうやって、倒したの？」

クリスは腰に腕を回し、堂々と胸を張った。

「体内にみなぎる魔力によって。かつてないほどの巨大な雷が招聘《しょうへい》できた。それを、ドラゴンの脳天に落とした。そうしたら、ドラゴンは動かなくなった」

「そういえば、とんでもない雷の音が聞こえたな」

グスターヴがつぶやく。アンジェラはぐっすり眠っていたから気づかなかったが、要塞まで聞こえるほどの落雷だったようだ。

クリスはドラゴンの喉あたりで屈みこみ、手を伸ばした。軽く詠唱すると、そこにあった金色の鱗《うろこ》がぽろりと剥がれる。

人の顔ほどもあるその鱗を、クリスはこともなげにグスターヴに差し出した。

「ドラゴン退治の証と言われる、金の鱗だ。これを、グスターヴに渡す」

「え？　い、いや、それは」

グスターヴは焦って、辞退しようとした。だが、クリスはその手の中に強引にねじこんだ。

それからドラゴンに向き直って詠唱すると、ドラゴンの身体は頭部のあたりから溶けて消えてしまう。

それを見たことでも、クリスの魔力がかつてないほど強大なものになっていることを、アンジェラは確信した。

ドラゴンを倒すのも、クリスにとってはワンパンぐらいの感覚だったのではないだろうか。

用事が済んだのか、率先して元の道を引き返しながら、クリスが言った。

「俺にはドラゴン退治の栄誉など必要ない。その金の鱗の証があれば、ドラゴンを退治したのはグスターヴということになる。そうなれば、エリザンナ王女に求婚することも可能になる」

「え？　いや、その……っ」

グスターヴはまだエリザンナ王女に思いを伝えたことはなかったらしく、顔を真っ赤にして焦っていた。

そんなグスターヴを見て、エリザンナ王女はクリスと視線を合わせ、共犯者のように微笑んだ。すでにエリザンナ王女は、グスターヴへの恋心をクリスに伝えていたかもしれない。

クリスがうなずくと、エリザンナ王女はにこやかに微笑んでグスターヴに向き直り、その手をそっと握った。

だが、グスターヴは何もしていないのに大きな名誉を譲られることに納得できないようだ。なおも、クリスに言ってくる。

「ですけど、あなたのほうは」

「俺には、他に求婚したい人がいる。グスターヴがエリザンナ王女と結ばれてくれれば、四方八方が丸く収まる」

そう言うと、クリスは熱っぽい眼差しをアンジェラに注いだ。

こんなふうに見つめられたら、クリスが求婚したい相手が自分だということを、アンジェラは読み取らずにはいられない。

――いいの……？

鼓動が、とくんと鳴り響いた。結婚の許可は下りるのだろうか。

グスターヴがエリザンナ王女に求婚を始めたのを見て、クリスは二人の邪魔をしないために、アンジェラの手を引いてその先を急いだ。

洞窟の外に出たところで、クリスはアンジェラの前にひざまずいた。

明るい光の中で、魔力を増したクリスの姿は光り輝いてみえた。

――綺麗だわ……。

その姿にぼうっと見とれた後で、アンジェラはハッとした。

クリスの安否と、ドラゴンを倒したという驚きばかりに気を取られて、自分が大切なことを忘れていたのに気づいたからだ。

慌てて洞窟の中に引き返そうとして、首を振った。クリスの襟首をわしづかみ、顔を寄せて脅すように声を発する。

「忘れてたわ、財宝よ！　ドラゴンといえば、財宝！　財宝と言えば、ドラゴンよ！　ドラゴンの棲みかは、金銀財宝に囲まれているのが定石だわ！　ドラゴンはキラキラ輝くものが好きで、カラスのように巣に持ち帰って、蓄えるんですって。だけどここには何も、財宝の気配が感じられないいんですけど？」

アンジェラの頭を占めている、一番の問題はそれだった。

まずはクリスの命が優先だが、ドラゴンを倒したとなれば金銀財宝が気になる。詰め寄られたクリスがぎこちなく視線をそらせたので、その襟元をつかむアンジェラの腕に力がこもった。

「まさか、あなたが隠した？」

クリスはいかにも心外だというように、大仰に首を振った。

「隠していない。ドラゴンが財宝を隠しているなんて、聞いたことがないよ！」

「ドラゴンといえば、財宝！　財宝といえば、ドラゴンってくらいなのよ！　あっちの世界ではそれが常識なの！　……もしかして、世界によって違うの？　その世界での必要がなければ、特に設定は作られないし」

財宝はここにはないのかもしれないと思い直して、アンジェラの身体からは力が抜けていく。

ここはゲームの世界だ。ゲームディレクターに、全てが託される。物語に必要がない設定は、存在しなくても不思議ではない。特にこの世界はバトルをして敵を倒し、コインやアイテムをもらう系ではなく、乙女ゲームがベースになっているのだ。

――財宝はない……。

そう思うと、ひどくガッカリした。

あるはずのものがないことが、こんなにもショックだとは思わなかった。洞窟の外で力つきて地面に膝をつくと、その前に回りこんだクリスが同じように地面に膝をついて、アンジェラの手を包みこんだ。

「財宝はなかったから、君と約束したドラゴンの財宝を渡すことは、できなくなった。その代わりに、最初の約束を果たさせてはくれないか」

「最初の約束？」

すぐには何のことだかわからなくて、アンジェラは不思議そうにクリスを見た。

出会ったときのツンツンとした彼から、ずいぶんと変わったように思えてならない。今はドラゴンをワンパンで倒すほどの魔力を手に入れたからなのか、まばゆいばかりの自信にあふれて、余裕すら感じられる。

すっかり吹っ切れているのか、すがすがしさすら漂っていた。

「俺の婚約者になりたい、って言ってただろ」

「言ってたけど、まさか、――それをかなえる……つもりがあるの？」

アンジェラの心臓が、とくんと鳴り響いた。

エリザンナ王女という邪魔者は、グスターヴとくっつけることで排除できた。

だが、レクタヴィア神聖加護国の国王と王妃は、アンジェラのことを眼中にも入れていない。

そんな娘と結婚したいなんて言ったら、きっと強固に反対するだろう。だが、クリスはまるでそんなことを考慮にいれていないぐらい、熱っぽく繰り返す。

「結婚して欲しい。俺に力を与えてくれるそなたが、どれだけ大切かわかった」

「私としても、これ以上、あなたのステータスは上がらないわよ」

アンジェラはぴしゃりと言うしかなかった。

今まで二回、大幅にステータスが上がったことで、クリスは何かを誤解しているのかもしれない。それもあって正直に伝えたのだったが、クリスの熱っぽい眼差しに変化はない。

「アンジェラといると、とても力が充実する。生きていく力が沸き起こる」

――私もよ……！

ぎゅっと手を握られて、アンジェラは強くそう思った。

じわっと涙がにじんでしまう。

誰かといる安らぎを知ることができた。

自分の存在が、クリスに力を与えられるのが嬉しい。

クリスがドラゴンに殺されてしまうと思ったときには、明日が見えなくなるぐらい絶望を感じた。それを思えば、クリスが生きていてくれるだけで嬉しい。

それでも、何だか素直になれないモードに突入していた。

混乱してぼろぼろと涙を流しながら、アンジェラは思いの丈をぶつけてしまう。

「わ、……わたしは、王妃として君臨したいんだから！　あなたが島で隠遁したいと言っても、……聞いて、あげられない、わ。ちゃんと、王城で、……陛下たちに大反対されたとしても、……結婚してくれるの？」

爵位や身分がないアンジェラは、あの城では空気のように扱われていた。

こんな自分でも、クリスは本当に愛してくれるのだろうか。自分と結婚することに反対されても、それでも愛を貫いてくれるつもりがあるのか。

クリスはそんなアンジェラを愛しげに眺め、言葉が途切れたときに口を開いた。

「少し前までは、親の反対は怖かった。反対されたら、意志を貫く自信がなかった。だけど、今なら、どんな反対があったとしても、跳ね返すだけの自信がある。アンジェラが必要だ」

その言葉が、アンジェラの胸に染みる。

それほどまでに、クリスには自信が備わったらしい。その自信には、根拠がある。クリスはおそらく、この東の大陸一番の魔術師となった。その気になれば、レクタヴィア神聖加護国を滅ぼすほどの魔力が備わったのだろう。

だが、アンジェラはそれでも釘を刺さずにはいられない。

「無敵の万能感にかられて、後で取り消すのはなしだからね」

「大丈夫。アンジェラがいたら、何でもできる」

「だから、それが無敵の万能感っていうのよ……！」

それでも、クリスが求婚してくれた嬉しさが、じわじわと胸に広がっていった。

ドラゴンをワンパンで倒すほどの無敵の魔力を持つクリスなら、王座を継ぐのに何ら問題はないだろう。後はアンジェラの身分をどう取り繕うか、だ。

あらためて、クリスがアンジェラの手を握り直した。

「結婚してくれる？」

「いいわ」

アンジェラは微笑んで、うなずいた。鼻の奥がツーンとする。こんなふうに、トゥルーエンドにたどり着けるとは思わなかった。

昨夜、渡された指輪を首から外して、クリスに手渡す。

「これ、はめてくれる？」

クリスがうなずいて、鎖から指輪を外した。

好きな人からの求婚はこれほどまでに嬉しくて、胸が一杯になるものなのだと、アンジェラはようやく知った。今までのものは、単なる攻略だった。気持ちが伴っていなかった。だけど、遠回りして、ようやく好きな人と結ばれることができた。

息を詰めて見つめている中で、クリスがアンジェラの指に指輪をはめた。それはアンジェラの指に合わせてあつらえたように、しっくりと馴染んだ。もしかしたら、クリスが魔法を使って、サイズを合わせたのかもしれない。

アンジェラは、はめられた婚約指輪を飽きず眺める。

――素敵だわ……！

キラキラキラと、外の光を反射して輝く。これはクリスからの愛の証であり、とんでもない財産だ。何かあったとしても、これがあればアンジェラは強くたくましく生きていくことができる。

そのとき、洞窟の中からエリザンナ王女とグスターヴが、仲良く手を取り合って出てきた。

そちらの求婚もうまくいったらしい。

アンジェラがエリザンナ王女に、指に輝く指輪を見せると、それで全てが伝わったらしく、にこやかにうなずいてくれた。

山から下りるのはクリスの魔法とマントを使う方法もあったが、落ち着くために皆で自分の足で降りることになった。

アンジェラはエリザンナ王女と並んで歩いていたときに、そっとささやいてみる。

「クリスと結婚したいんですけど、少し心配なんです。私の身分がないから、クリスのご両親が反対するんじゃないかって」

「あの……」

不意に口を挟んだのは、グスターヴだった。

「アンジェラさえよければ、今回、ドラゴン討伐の功績を譲ってもらった代わりに、あなたを我がコーザ侯爵家の養女にする、っていうのはいかがでしょうか」

「え？」

驚いたそぶりを装いながらも、アンジェラは心の中でにんまりとした。

グスターヴ・コーザは、コーザ侯爵家の当主であり、すでにその位を継いでいるそうだ。

身分がない女性が貴族の妻になるためには、一度その相手の格にふさわしい貴族の養女となる、という段階を踏むのが一般的とされている。

「よろしいのですの?」

尋ねると、グスターヴはうなずいた。

「はい。皆様さえよろしければ、ですが」

コーザ家は、隣国ではかなりの家柄らしい。

そこの侯爵令嬢になっておけば、クリスとの結婚もさほど反対されることはないはずだ。

「それは、いい方法だ」

クリスもその話を聞きつけて、うなずいている。

――これで、いい感じに収まるわ。

わざとグスターヴの前でこの話を出したアンジェラは、予定通りになったことに満足する。

そうしておけば、何の問題もないはずだ。

何だか、世界が輝いて見える。

ようやく、真のトゥルーエンドまでたどり着いた感動があった。

第五章

オルーア神殿領との関係を強固なものにしたいと願っていたクリスの両親たちは、一も二もなくクリスとアンジェラの結婚話に飛びついた。

コーザ家はオルーア神殿領の名家だ。クリスはドラゴン退治に失敗し、その功績をグスターヴ・コーザが担うことになった。エリザンナ王女とクリスの婚約話はお流れになったものの、代わりにコーザ家との関係を深めるというのは、悪くないと思われたらしい。

アンジェラはしばらくコーザ家に預けられ、東の大陸における礼儀作法を学び直す。一ヶ月ほどが経過したころに、あらためてレクタヴィア神聖加護国に赴いた。

以前は挨拶もされなかったのだが、舞踏会の会場にコーザ侯爵令嬢となったアンジェラが華やかなドレスに身を包んで現れたときには、わざわざ国王王妃夫妻が出迎えてくれたことに満足する。

――やっぱり、人は身分とハッタリよね。

アンジェラはすぐにクリスと引き合わされ、ダンスに誘われてフロアに出た。

前回、ここに来たときの記憶が、アンジェラの中には鮮明に残っている。誰にも紹介されず、エスコートもされることなく、壁際でぽつんと過ごすしかなかったときのことが。

だが、今日はこの舞踏会の主役だ。大勢が、アンジェラとクリスに視線を注いでいる。以前もこの舞踏会に参加したはずだが、そのときのアンジェラと今のアンジェラを重ねる人はいないようだ。

クリスはフロアの真ん中でアンジェラの手を取り、踊り始める形に手のポジションを変えながら、いたずらっぽく言ってきた。

「化けたね」

今日は、コーザ侯爵令嬢とクリスとの初顔合わせ、ということになっている。いわゆるお見合いであって、何回かこうして舞踏会で顔を合わせ、徐々に結婚まで関係が深まっていくことになるが、全ては形式上のことだ。

アンジェラはオルーア神殿領で仕立てた、最新かつ極上のドレスに身を包んでいた。グスターヴはクリスにドラゴン退治の功績を譲ってもらい、エリザンナ王女と結婚できるようになったことに、ひどく感謝しているようだ。その気持ちを、こうしてアンジェラの衣装や境遇として返してくれる。

ドレスにはふんだんに金がかけられており、ここまで送り届けたときの馬車や侍女などにも抜かりがなかった。持参金もたっぷりつけてくれるそうだ。

アンジェラは曲に合わせて踊り出しながら、取り澄ました笑みを浮かべた。

「化けたってほどでもないわよ。もともと、私は私よ」

言いながらも、以前とは扱いが違うことをひしひしと感じている。今は、ここに出席する人々の注目の的だ。人々の賞賛の視線がとても心地よい。自分はこれから宮廷を支配する者となるはずだ。

「今のところ、何の問題もないよ。両親も、良い縁談だと喜んでる」

「そう」

「それに、……誰にも文句は言わせない。俺にはそれだけの力がある。この国を発展させ、よりよいものにしていくだけの力が」

クリスは変わったと、アンジェラはつくづく思っていた。王族としての義務感に押しつぶされそうになっていたものが、それを担うものへと変わった。

それは、魔力をつけたことによる自信なのだろう。

このゲームの中で、クリスの魔力はいずれ花開く設定だったに違いない。アンジェラという伴侶の力を得て。

——ってことは、私は必要不可欠な登場人物だった、ってわけよね。

そう思うと、この世界に居場所があるのを感じる。クリスの横に、自分の席はしっかりとある。

——私は変わった？　変われた？

自問してみる。

クリスとともに、何曲か続けて踊った。クリスはダンスが上手で、何より彼の腕に抱かれていると落ち着いた。視線を交わし、微笑みあうと、それだけで幸せな気分になる。好きな相手と触れ合うのは、どうしてこんなにも気持ちがいいのだろう。

——変わったわ、たぶん。

アンジェラは心の中でつぶやいた。

クリスはアンジェラに、恋する気持ちを教えてくれた。打算ではなく、人と愛し合う大切さも伝えてくれた。

見返りを狙って何かをするのではない。クリスはアンジェラが困っていたら、心から手を差し伸べてくれる人だった。それに感化されて、アンジェラも何かしてみたくなっている。

——私は、東の大陸で生きていきたいの。

クリスの魔力は強大だから、この後の魔力もたっぷりストックできることだろう。

魔力だけで国を回してもいいが、アンジェラはそれに科学技術を導入してみたい。東の大陸で、だんだんと魔術師が生まれなくなっているというのなら、今後に備える必要があるはずだ。

科学技術と魔力のいいとこ取りをして、いい感じに国を繁栄させたい。

——できるはずよ。私には、知識があるもの。

単に贅沢がしたいだけではない。権力はあるべき形で使いたい。クリスの役に立ちたい。クリスのため、ということは、このレクタヴィア神聖加護国の民のためになることだ。

――まずは、魔法ハイブリッド紡績機《ぼうせきき》。いいわね。強い糸ができそうだわ。

産業を発展させたいが、石炭を動力源にしたら環境破壊が進むから、そのあたりは水力と魔力で補いたい。この王都に来たときに目にした、綺麗な川を保ちたかった。

アンジェラの夢はどんどんふくらんでいく。もしかしたら、途轍《とてつ》もないお金儲けもできるかもしれない。

そんなことを夢想していたのが顔に出たのか、クリスに尋ねられた。

「何か、悪い顔をしているね？」

「今後の事業展開を考えていたのよ。やっぱり、動力源は魔法にすべきだわ。魔法による永久機関って可能かしら」

「君の言うことは時々、よくわからない」

アンジェラは足を止め、クリスの頬を手で包みこんだ。

「手伝ってくれるでしょ、クリス。この国を富ませ、人々を幸せにさせたいの。それが、巡り巡って私も幸せにしてくれるはずだわ」

クリスはアンジェラの言葉に、とまどったように瞬きをした。

百年も待ち望んでいたクリスという強大な魔術師の誕生に、国は沸いている。王城に集う宮廷貴族はもちろんのこと、民衆からの支持も厚い。

次期国王として、クリスにはやらなければならないことが山のようにあるようだ。

「島の生活は、のどかで良かったよ。今でもたまにあの島のことを思い出す。また、一緒に温泉に入りたい。だけど、あの島にいるときの俺には、焦りしかなかった。魔力を制御できない自分への焦りと、悔しさ――」

「今はすっかり落ち着いたように見えるけど」

「ああ。全部、君のおかげだ」

そんなふうにささやき、クリスは頬にかかったアンジェラの手をかわして、その唇にそっと口づけた。

注目を浴びていた二人だけに、周辺からおお、と小さくどよめきが広がる。次代国王の見合いがうまくいくことを、ここに集う人々は歓迎しているのだ。

だけど、アンジェラにはかすかに心の底に引っかかることがあった。

かつてアンジェラが行った悪行――流刑につながったアングルテール王国での罪が、いつか露呈されるのではないか。

隠蔽《いんぺい》工作がしっかりできていない。自分がアングルテール王国の出身だとは教えていないが、クリスがその気になったら、身分照会もできるはずだ。冬の間は情報の行き来が制限されていたが、すでに春が来ている。

それにクリスは水鏡を用いて、どことでも連絡が取れる。

クリスはアンジェラのかつての悪行を聞いて、一気に醒めたりはしないだろうか。

――それに、宮廷の人々にそれらが知られたら。

ぞっと、背筋が凍りそうになる。かつてのトラウマが蘇る。人生の最高の幸せの頂点で、全てが崩壊した。

イザベラを娼館に売り飛ばした。イザベラはアンジェラにとって邪魔だったたし、売り飛ばしたことでまとまったお金も入った。

だけど、アンジェラはそのことで学習した。

――たかだかそんな端金《はしたがね》で流刑になるのは、ワリに合わないわ。

悪事を働いた記憶も、ずっと心の奥に澱《おり》として残る。

苦労してクリスを攻略しても、その悪事がいつバレるかと思うと、気が気ではない。

悪事というのはもっと周到に、メリットとデメリットをしっかり検討して行うべきだ。

今の幸せは、薄氷《はくひょう》の上にあるような気がした。

ゲームをリセットすることが可能だったら、もうあんなバカなことはしない。それだけクリスとの幸せを守りたい気持ちが、アンジェラの中で強くなっている。

アンジェラはクリスと踊り終わり、フロアから少し移動した。

人々がアンジェラとクリスを見て、お似合いだとささやいてくれる。今がアンジェラにとっては、幸せの絶頂期だ。

だがその状況は、アンジェラが前回、失脚したのと同じ舞台に思えてならない。奇妙な胸騒ぎがしたものの、それでもこの幸せを保ちたくて、必死で笑顔を保っていた。

そのとき、アンジェラは自分とクリスに近づいてくる人物に気づいた。

ふと、何げなくその相手の顔に視線を走らせたアンジェラは、凍りついた。

――サミュエル……!

アングルテール王国の王太子であり、アンジェラの元婚約者だ。

彼の婚約者の座を狙って、アンジェラは彼のもともとの婚約者であるイザベラを誘拐させ、娼館に売り払った。そうすることが、サミュエルを攻略するための方法だと信じていた。

だが、それが露呈して、アンジェラは流刑になったのだ。

顔から、血の気が引いていく。サミュエルがそのことを話したら、クリスとの縁談は破談になるかもしれない。その恐怖にすくみあがる。

――どうして、サミュエルがここに……?

すでに西の大陸との行き来は復活していた。だとしても、誰がサミュエルをここに呼んだのだろうか。

アンジェラを見て軽く微笑んだサミュエルは、記憶にあったときよりもずっと、精悍さと落ち着きを増していた。だが、その端整な顔には、微笑みの欠片《かけら》すらもない。それが自分を断

罪しているように思えて、アンジェラはぎこちなく視線をそらせた。すぐ横に、クリスがいる。サミュエルを呼んだのはクリスだろうか。

アンジェラは自分がひどくひきつった顔をしているのを自覚しながら、観念して口を開いた。

「これは、——どういうことなの？」

クリスは軽く首を傾げて、少し申し訳なさそうに言った。

「一応、そなたの身分をアングルテール王国に照会してみたんだ。アンジェラを妃《きさき》に迎えたいからだと理由を書簡に書き添えたら、まずはようすを見に来たいと言われた」

アンジェラはアングルテール王国の出身だとは言っていないはずだが、非常時にイザベラと魔法で連絡が取れるようにしてもらったことがあった。背に腹は代えられなかったからだが、あれでクリスは、アンジェラがアングルテールの出身だとわかったのだろう。

——サミュエルは、私の過去の悪行をぶちまけに来たの……？

そうなったら、何もかもブチ壊しだ。クリスはアンジェラの性格をある程度把握しているだろうが、王太子の元婚約者を誘拐して娼館に売り飛ばしたと知られたら、百年の恋も醒《さ》める可能性があった。

——口止めしなきゃ……！

焦って、アンジェラはサミュエルの手を取る。顔を寄せて、訴えた。

「踊りましょう……！」

　サミュエルの返事も待たずに、フロアの中央まで連れ出した。クリスのほうは見られなかった。彼が自分に懐疑の視線を向けているかもしれないと思っただけで、泣きそうだ。いたたまれない。あんなこと、しなければよかった。

　サミュエルと踊りながら大広間の隅まで移動し、誰にも会話が聞かれないのを確認してから、アンジェラは口を開いた。

「まだクリスには、何も話してないわよね？」

　まずはそう切り出すと、いや、とサミュエルは歯を見せて笑った。

「すでに話した。だいたい、全て」

「えっ」

「全部、知りたいって言うから。君とプリンスウェル王立学園で出会ったときから、流刑となるまでのいきさつを一通り」

「……っ」

　アンジェラの全身から、力が抜けた。

　これで全てが終わりなのかと思うと、気が遠くなる思いだった。

　だが、サミュエルはそんなアンジェラを見て、いたずらっぽく笑った。以前の傲慢《ごうまん》で酷薄そうな笑みではなく、その笑みには親しみがこもっていた。

　だから、アンジェラはあれ、っと思う。

──サミュエル、変わった……？

人は変わる。

内気だったクリスは強力な魔力を得て変わったし、サミュエルも大人になったのだろうか。

そんな思いを肯定するように、サミュエルは昔馴染みの相手のように親しげに言ってきた。

「ここでは、悪さはしていないんだろうな」

──悪さ？

それが何を指すのかと、アンジェラは首をひねる。

ひたすら、クリスを攻略することに必死だっただけだ。

「していないわ。クリスを『成長』させるお手伝いをしただけよ」

嘘は言っていない。だが、過去の悪事を全てバラされたからには、全てが終わりとなる。

胸が潰《つぶ》れそうだ。

こんなふうになってようやく、どれだけクリスのことが好きだったのか思い知らされた。

彼と離れたくない。王妃の地位はかなわなくとも、せめて無人島で彼の帰りを待つ生活をさせてくれないだろうか。対岸の街で小商いをして生活費を稼ぎつつ。月に一度やってくるクリスと会えることだけを楽しみに生きていきたい。

そんなふうに考えた後で、アンジェラは苦笑した。

──そんなのは、私らしくないわ。

だけど、そんなふうに考えてしまうぐらいクリスが恋しい。諦めて、他の攻略に挑《いど》むなんてできそうにない。

そんなアンジェラを前に、サミュエルはくすっと笑った。

「変わったな。君の恋する顔を見ることになるとは」

「え？」

「先ほど、クリスと踊るところを見ていた。俺の前にいたときとは、まるで違っていた。表情がとても柔らかかった。好きな人を見つけると、君でも変わるんだな」

そんなふうに言うサミュエルの表情にも口調にも、大人になった証《あかし》が現れていた。

サミュエルは落ち着いた声で言ってきた。

「流刑は船が難破したら、それで執行停止となる。すでに君は無罪だ。あとは、それを聞いてクリスがどう判断するかだ」

「あの人、どんな反応だった？」

こわごわ聞いてみる。

当初の表情の硬さがすっかり消えたサミュエルは、楽しそうに笑った。

「笑ってた。アンジェラらしいって」

その言葉に、ホッとした。

同時に、クリスのことをもっと好きになっていく。

――そうね。クリスとの出会いは、最初から最悪だったもの。何せ、海の魔物よ。私が何をしてようが、クリスは気にしないのかもしれない。そういうのも含めて、今の私だもの。

だけど、悪いことはワリが合わない。そのことを、今、しみじみと思い知った。その発見を踏まえて、サミュエルにきっぱりと言ってみる。

「私、この国では悪いことはしないと誓うわ。あの人と国のために尽くしたいと思っているの。っていうか、国を発展させるのは、自分のためよ。だけど、それは皆のためになることだわ」

たとえば、水洗トイレが欲しいから、この王都に浄水設備を備えた上下水道を張り巡らせる。それは、アンジェラの私欲からの行動ではあるのだが、公衆衛生上も好ましいはずだ。

公平な商習慣も根づかせたい。自分の作ったアクセサリーを権力を利用して売りさばいてもいいが、実力で勝負したほうがやりがいがあるはずだ。

「そうあってもらいたいな。二度と、流刑にならないようにしてくれ」

からかうように、サミュエルは言った。

曲が終わったので、サミュエルは手を離した。挨拶をして離れていく前に、サミュエルは一言言い残す。

「お幸せに」

その後ろ姿を見送っていると、サミュエルに近づいていく令嬢がいることに気づいた。見覚えがある。じっと見ていると、その令嬢は視線に気づいたのか、少し振り返った。

──イザベラだわ……！

また、鼓動が跳ね上がった。

サミュエルと一緒に、イザベラはこの国までやってきたのだろう。

そんなイザベラに、サミュエルは何か話しかけた。それにうなずいて、イザベラはアンジェラから視線を離した。

特に心配なしだと、伝えてくれたのだろうか。

──イザベラにも、迷惑をかけたわね。

アンジェラは立ちつくしたまま、考える。このまま詫びに行ったら、イザベラとは仲のいい友人になれるだろうか。

そんなふうに考えて、アンジェラは苦笑とともに否定した。

──そんなの、私らしくないわ。

すでに流刑は終了しているのだ。自分は十分な罰を受けた。

二人の姿が人混みに紛れたときに、クリスが近づいてきた。

クリスと二人きりで話がしたかったアンジェラは、ぐるりと周囲を見回して、人気のないテラスへ誘う。そこに移動し、途中で入手した飲物で喉を潤しながら言ってみた。

「サミュエルがあなたに、私のことを全部話したって聞いたわ」

「ああ。全部、聞いた」

「それでもいいの？」

念を押す。

今となれば、過去については後悔しかない。

自分は誰かに愛されたかった。どんな手段を使ってでも、必要とされようとした。そのままの自分では愛されないと思ったから、嘘もついたし、他の女を蹴落とすための工作もした。

だが、そんなふうに過ごした日々の、苦い思い出だけが残っている。

サミュエルとの幸せな記憶は、何一つとしてない。

――だけど、クリスとは違うのよ。

その違いを、クリスはわかってくれるだろうか。

息を詰めて見つめる中で、クリスは楽しげに笑った。サミュエルから聞いたように、本当に楽しそうな表情だった。

「サミュエルから全部聞いて、アンジェラらしいな、と思った。さぞかし、たくましく生きてきたんだろうな」

アンジェラがかつてやったことは、千年の恋も醒めても不思議ではない悪事であるはずだ。なのに、この東の大陸で一番の魔術師となったクリスの感性は、他人とはかなり異なったものらしい。

おおらかに笑うクリスに、ホッとした。

彼はそれでもアンジェラを許し、受け入れてくれるのだろうか。

「ここでは、悪いことはしないわ。本当よ。あなたに、愛想を尽かされたくないもの」

「そうであってくれると嬉しい」

クリスがそう言って、アンジェラの頬をてのひらで包みこんだ。

軽く口づけられた。最初のキスのときには、鼻と鼻がぶつかって焦ったというのに、いつの間にキスの仕方をすっかり覚えている。

そんなクリスに、アンジェラはくすぐったさを覚えた。

愛しくて、切なくて、胸が一杯になる。

クリスと一緒なら、ここで本当に幸せになれる。そんな気がした。

第六章

それから一年後のほどよき日。

アンジェラとクリスは、レクタヴィア神聖加護国の王城で華やかな結婚式を挙げた。

オルーア神殿領からは、グスターヴとエリザンナ王女が来てくれた。国中から祝福される盛大な式となる。

クリスを溺愛《できあい》する王妃とは嫁姑戦争が勃発しそうな気配があったものの、アンジェラが王妃の持病の治療薬や、皮膚疾患を良くする塗り薬などを渡したら、それがよく効いたらしい。

それからすっかり態度は軟化した。

アンジェラはトイレの水洗化を始め、目につくところからの改革を始めている。

——やっぱり住環境を整えるには、権力の座につくのが一番よね……！

そんなことを、しみじみと感じているところだ。転生前には及ばないが、だいぶ設備も整ってきた。

王都の郊外に大規模なガス田があるのも発見したこともあり、それを上手に活用すれば人々の生活はきっと向上するだろう。

クリスへの気持ちも、つのるばかりだ。何より顔が好みだし、声もいい。外では大魔術師としてふるまっているものの、アンジェラと二人きりになったときには、少しナイーブさが感じられるのも可愛い。

――めでたしめでたし、ってところ？

物語は盛大な結婚式で幕を閉じる。

もちろん、アンジェラの生活がここで終わるわけではない。この国の繁栄《はんえい》を目指して、日々改革をしていくつもりはある。

何より幸せいっぱいの互いの気持ちが壊れることがないように努力していくのは、けっこう骨が折れることなのかもしれない。

それでも、アンジェラは荘厳な神殿でクリスとともに永遠の愛を誓った。この国では、死が二人を分かつときまで離婚は許されていない。

その後の宴に二人は出席し、ほどよきところで退席して、二人きりで過ごす時間となった。

アンジェラはクリスと一緒に初夜を過ごす部屋に入るなり、ベッドに倒れこんだ。

「終わったわね……！」

数ヶ月前から、ずっと準備で大変だった。それがようやく片付いた。アンジェラはクリスと結婚し、今の正式な身分は、この国の王太子妃だ。

その証としてのティアラと笏《しゃく》も、アンジェラに渡された。ずっと目標にしていたものだ。

――王太子妃か……。良いわ、良いわ……。

ようやくここまでたどり着いたのだと思うと、感慨もひとしおだ。

クリスのほうはすでに服を脱ぎ始めていた。

「お風呂、一緒に入る?」

クリスは無人島で一緒に入った風呂が気にいったらしい。アンジェラと相談しながら給湯《きゅうとう》設備を整え、この王城の二人が暮らすエリアに、立派な浴槽を兼ね備えた風呂場を新設した。王都は水が綺麗で豊かだったから、湯を沸かすことさえできれば、すごく贅沢《ぜいたく》ということはない。疲れたときには、お風呂に入る。それが前世で身体に刻みこまれていたアンジェラだったからこそ、ふらつきながらベッドから起き上がった。

「入る……!」

アンジェラの儀礼用のドレスは、侍女なしでは着脱が困難だった。だから、侍女を呼び、手伝ってもらってから身軽になって、浴室へと向かう。

浴槽は広く、直径十メートルぐらいの広さがある。円形の浴槽で周囲に岩が配置されているのは、クリスの頭にアンジェラと入った海中温泉のイメージがあるからだろう。

その証拠に、床と壁と天井を覆《おお》っているのは青い深い色をしたタイルだ。おそらく、あの島の海と空を現しているに違いない。

かけ湯をして湯の中に身を沈めていくと、思わずふーっと声が漏れた。

それを聞きつけて、先に浴槽に入っていたクリスも息を吐く。

適温の湯の中で、身体と心がほぐれていく。

いい感じに暖まったころ、アンジェラは向かいにいるクリスをかまいたくなった。

クリスと最初は足を、次第に膝や腿に触れさせていく。すると、腰を抱き寄せられた。

「お風呂でやってみる？」

「え？」

そんな経験はない。だけど、それも悪くないような気がしてくる。

「挑戦してみる？」

アンジェラはそう言うと、浮力を利用してクリスの膝に腰掛け、手を伸ばしてクリスのものをそっとなぞってみた。だんだんとそれが、固くなっていくのがわかった。

結婚したての若い身体が、暴走しているのかもしれない。

「このまま、入れてもいい？　水が入るかな」

おねだりしてきたクリスに、アンジェラは首をひねりながら答えた。

「どうかしら。やってみる？」

湯の中でやったら、すべりがどうなるのかわからない。それでも、好奇心のほうが強かった。

アンジェラはクリスの腰にまたがって、ゆっくりりと腰を落としていく。

体内にクリスのものが入ってきた。浮力があったから、身体を操るのはいつもよりも簡単だ。そのくせ、入ってきたものの硬さや形は、くっきりとわかる。

「ツン！　っ……あっあ、……ッン……」

クリスのほうからもアンジェラのお尻のあたりに腕を回し、その身体が浮かぶことなくしっかりと受け入れられるように力を添えてくる。

一度くわえこんだら、手放せなくなるほどの快感がそこから湧き上がった。

「っふ……」

甘い声が、浴室で響いてしまう。近くに侍女たちも、風呂上がりの二人の身支度を整えるために控えているはずだ。彼女らに聞かれるのが恥ずかしくもあったが、王太子妃となったのだから、誰にはばかることもないはずだ。

アンジェラはクリスに導かれるままに、ゆっくりとその上で腰を動かした。

「ツン、……っふ、ふ、ふ……っ」

ぞくぞくと、中で擦れる感覚がたまらない。

湯が体内に入ったらどうなるのかと心配だったのだが、隙間もなくぴったりとアンジェラのものがクリスのものを包みこんでいるらしい。湯の浸入は感じられない。

最初は少しキツい感じはあったが、動かすのに合わせて中が潤《うるお》ってきたようだ。いい感じのぬめりと熱さに、ぞくぞくと腰が痺れた。

アンジェラの動きに合わせて、クリスも突き上げてきた。湯はアンジェラのウエストのあたりまで届いている。衝撃が物足りないように思えて、アンジェラはねだった。

「もっと、動い……て、……クリス……っ」

意図せず、かすれた艶《つや》っぽい声が漏れる。

その声にそそられたのか、いきなりクリスの突き上げる動きが激しくなった。

「っぁあ！」

深くまで一気に突き刺さる感触がある。クリスの動きに合わせて、湯の表面にさざ波が立った。その波が大きくなっていくのを気にすることなく、クリスは力強く突き上げてくる。

「……ッン！　……んぁああ、……ン……っ」

途中でのぼせそうになったアンジェラは、仰向けに浴槽のへりに横たえられた。下半身は湯の中にあって、上体だけが外にある。足はクリスの足にからめたままだ。そんな状態でなおも突き上げを受けて、だんだんと頭がぼうっとしてきた。

「も、……むり……っ、のぼせちゃう……」

だが、そんな状態ながらも、腰のあたりが独特の快感で包みこまれていくのがわかる。絶頂に至るときの快感が、アンジェラの身体を支配しつつあった。

「……っん、ん……あっ」

いっちゃいそう、と思ったタイミングは、いつになく激しく動いているクリスにとっても一緒だったようだ。

アンジェラの痙攣《けいれん》のリズムに合わせてクリスも身体を震わせ、中に注ぎこんだのがわかった。

だけど、それだけで若い二人が終わるはずもない。

クリスが軽く指をパチンとさせると、柔らかなスポンジのような泡がタイルの上をマットのように覆った。その上に横たえられ、その泡が柔らかくて温かく、とても寝心地がよいことが伝わってくる。

――すごいわ。大魔術師。こんなときにも、とっても便利。

次にクリスは、両手にもこもこの泡を作った。

「さて、……洗おうか」

それで全身をなぞられるのが、どれだけ気持ちいいか、想像できる。

その手が胸に近づいていくのを感じて、アンジェラはごくりと息を呑んだ。


クリスは深夜に、ふらりと部屋から出た。

ベッドでは、アンジェラが深い眠りに落ちている。おそらく、朝まで目を醒ますことはないだろう。

クリスも疲れてはいたが、不思議なほどの充足感《じゅうそくかん》があった。

クリスが空を飛んで向かったのは、王城の外れにある塔の上だ。

途中で石の階段は崩れているから、クリス以外の誰も入ることはできない。久しぶりにその塔に向かったのは、そこに隠しておいたもののようすを確かめておきたかったからだ。

塔は見張り台として建てられ、城に近づくものたちを攻撃するための砦《とりで》としても使われていた。その後は、穀物《こくもつ》などを貯蔵する倉庫としても使われていたようだ。

今はすでに役割を終えている。

クリスが塔のてっぺんにあった窓から入って最上階のドアを開けると、そこには空っぽの空間があった。だが、クリスが手を振ると、まばゆいほどのドラゴンの財宝が出現する。

ドラゴンを倒したときに、クリスが手に入れたものだ。

隠したのは、これを渡したらアンジェラが自分から去ってしまうかもしれないと、とっさに思ったからだ。とりあえずまるごと魔法で隠し、ここまで持ち帰って隠した。

いずれアンジェラがこれらの財宝を必要とするようなことがあったら、これをそっくりそのまま渡すつもりだった。

――だけど、アンジェラの最初の望み、俺と結婚することはかなえたし。これはこのまま、死ぬまで使わなくてもいいのかもな。

クリスは財宝を前に、ぼんやりと考える。

とりあえず、これはこのまま隠しておくべきだろう。当面、使う予定はない。国は大魔術師であるクリスを迎えて何の不自由もないし、アンジェラは何かと忙しそうだ。

――いざ危機がくるまで、これはやはり封印しておこう。

クリスはそう考えて、大きく腕を回転させた。そこに見えていた財宝がかき消える。クリスがこの後、封印を解かないかぎり、この財宝はここに封印されたままとなる。

――よし、と。

用事を終えて、クリスは塔の窓から再び身体を踊らせた。

空を飛び、地面に着地する。

この後、またすぐにアンジェラの横のベッドに潜《もぐ》りこみたい。愛しい人の隣で眠るほど、幸せな眠りはないからだ。

――最初に会ったときは、本当に海の魔物が現れたと思ったけど。

だが、その最悪の出会いが、幸せな現在につながっている。

アンジェラとあらかじめこうなるように、仕組まれていたような感覚さえあった。

アンジェラがいれば、百人力だ。これから何があっても、彼女となら乗り越えていける。

そのような賢くもしたたかな女性を妻として迎え入れたことに、クリスは感謝した。

――だから、財宝はいらないよね。

墓場まで持っていく秘密になるだろうか。

あのときクリスは、財宝よりも自分を選んでもらいたかったのだ。

あとがき

『悪役令嬢に転生したけど、破局したはずのカタブツ王太子に溺愛されてます⁉』を書いたのは、デビュー間もないときでした。ウエハラ蜂先生の素晴らしいイラストに恵まれたこともあり、重版しました！　という知らせが届いたときも、それがどれだけありがたいかも知らず！

当時から読んでくださった方、ありがとうございました。そして、初めてのコミカライズも始まってとても嬉しかったです！（コミカライズも全三巻で発売中！）

そして、三年半経ってのスピンオフです。このまま終わらせてしまうのは惜しい、正ヒロインのアンジェラを主人公にしての、流刑から王妃にのし上がるリベンジストーリー。楽しんでいただけましたら！　このお話単独でも、楽しんでいただけるはずでございます。

まずは、イラストをいただいたウエハラ蜂先生に、心からの感謝を捧げます。今回もとても可愛い。特にちっぱい素敵可愛い。クリスも繊細さが伝わる可愛いキャラにしていただいて、大好きです。そして、これが発売するのとほぼ同時？　に、まちねちね先生によるコミカライズも始まるので、めっちゃ楽しみにしています！　諸担当さんも、何より読んでくださっている方、本当にありがとうございました。またお会いできましたら！

花菱ななみ

蜜猫 Mitsuneko Label

蜜猫文庫をお買い上げいただきありがとうございます。
この作品を読んでのご意見・ご感想をお聞かせください。
あて先は下記の通りです。

〒102-0075 東京都千代田区三番町8番地1三番町東急ビル6F
(株)竹書房　蜜猫文庫編集部
花菱ななみ先生 / ウエハラ蜂先生

正ヒロインに転生して断罪されたけど、最強魔術師の王子様に溺愛されてます!?

2023年10月30日　初版第1刷発行

著　者　花菱ななみ　©HANABISHI Nanami 2023
発行者　後藤明信
発行所　株式会社竹書房
〒102-0075 東京都千代田区三番町8番地1三番町東急ビル6F
email : info@takeshobo.co.jp
デザイン　antenna
印刷所　中央精版印刷株式会社

悪役令嬢に転生したけど、破局したはずのカタブツ王太子に溺愛されてます!?

花菱ななみ
Illustration ウエハラ蜂

優しくしてやる。どこをどうすれば感じるんだ？

地味なOLから乙女ゲーム世界の悪役令嬢に転生したイザベラは、努力も空しくゲームヒロインに心を移した王太子に婚約破棄を言い渡された後、不審な男に拉致され娼館に売られてしまう。初めての客は顔をマスクで隠した男、ウィリアムだった。高貴な身分らしい彼はイザベラをからかいつつも優しく触れてくる。「試してみないか。きっと気持ち良くなれるはずだ」初めての快感に溺れた夜。ウィリアムはその後もイザベラを独占して!?

蜜猫文庫